O Filho do Reno

Laura Bergallo
ilustrações Martha Werneck

*Nos contam em antigas lendas sobre prodígios tantos,
grandes heróis e prebendas, dificultosos fatos,
de alegrias, festejos, de chorares e lamentar;
de batalhas de bravos guerreiros, prodígios agora ireis escutar.*

(A canção dos nibelungos)

Copyright© 2013 *by* Laura Bergallo
Copyright © 2013 desta edição
by Escrita Fina Edições

Grafia atualizada segundo o Acordo
Ortográfico da Língua Portuguesa
de 1990, em vigor no Brasil desde
1º de janeiro de 2009.

Todos os direitos reservados e
protegidos pela Lei 9.610,
de 19 de fevereiro de 1998.
É proibida a reprodução total ou parcial
sem a expressa anuência da editora.

Coordenação editorial:
Laura van Boekel

Editoras Assistentes:
Luiza Miranda e Mariana Lima

Editora Assistente (arte):
Claudia Oliveira

Ilustrações e projeto gráfico:
Martha Werneck

Revisão:
Cristina da Costa Pereira

CIP-BRASIL. CATALOGAÇÃO NA PUBLICAÇÃO
SINDICATO NACIONAL DOS EDITORES
DE LIVROS, RJ

B432f

Bergallo, Laura, 1958-
O filho do Reno / Laura Bergallo; ilustrações
Martha Werneck. – 1ª. ed. – Rio de Janeiro: Escrita
Fina, 2013.
160 p.: il.; 24 cm.
 ISBN 978-85-63877-99-4
 1. Conto brasileiro. I. Werneck, Martha. II. Título.

13-01585   CDD: 869.93
                 CDU: 821.134.3(81)-3

ESCRITA FINA EDIÇÕES
[marca da Editora e Gráfica Stamppa Ltda.]
Rua João Santana, 44| Ramos
Rio de Janeiro - RJ | 21031-060
Tel.: (21) 2209-1850
Impresso no Brasil / *Printed in Brazil*

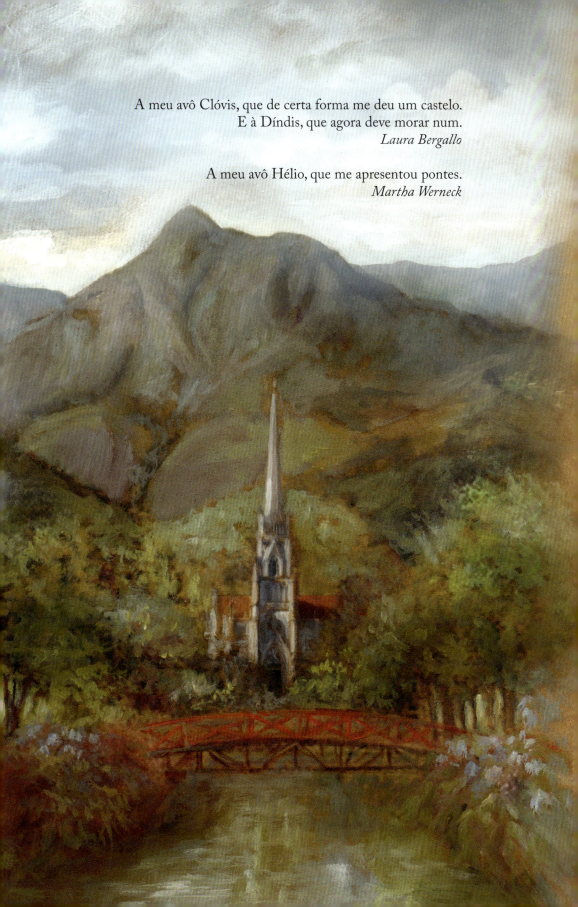

A meu avô Clóvis, que de certa forma me deu um castelo.
E à Díndis, que agora deve morar num.
Laura Bergallo

A meu avô Hélio, que me apresentou pontes.
Martha Werneck

I
O Fantasma do Castelo

Vamos pra piscina hj?

Perguntei à Juliana pelo bate-papo da internet, mesmo já sabendo exatamente qual seria a resposta. Éramos vizinhas num condomínio de veraneio em Petrópolis, onde eu passava as férias desde que meu avô comprara uma casa lá, fazia uns três anos. O lugar era bem gostoso, embora um pouco quieto demais, e o mais bacana de tudo (pelo menos para mim) é que, abaixo das casas e ainda na encosta da montanha, havia um clube incrível em forma de castelo de contos de fada, com corredores intermináveis, dois grandes salões misteriosos e até um fantasma em tamanho natural.

hj não vai dar, amiga
to postando umas fotos aki no facebook

Que novidade! A Ju estava sempre no Facebook. E as outras únicas pessoas da nossa idade, no condomínio inteiro e também no clube, eram o Eduardo e o João Carlos, que – vamos ver se alguém adivinha – também viviam na frente do computador, teclando, jogando, batendo papo, passando as férias inteiras online.

E o resto dos vizinhos... bom, quase todos eram casais mais velhos, com filhos adultos... nem criança tinha por lá. Um sossego impressionante. Mas até que eu gostava; era tudo bem diferente da vida agitada que a gente levava na cidade grande.

Tentei o Edu e o Joca:

e vcs, meninos, q tal uma piscina pra refrescar?
ou um pingue-pongue no salão d jogos?

Sem chance. Foi o que eu imaginei. Um sol absurdo desses lá fora, e o pessoal trancado dentro de casa, conversando pelo computador. Um desperdício mesmo, ainda mais com aquele maravilhoso castelo quase deserto lá embaixo, esperando por nós para desvendar os segredos de suas torres cobertas de ardósia e suas paredes de granito acinzentado.

E eu precisava me distrair para não pensar. Tinha acabado de romper com o Pedro, meu primeiro namorado, e ainda estava muito abalada com o fim repentino do namoro de quase um ano.

Então to indo, teclei, tentando disfarçar a decepção.
pelo menos o ernesto ainda não acessa a internet hahaha

Peguei o livro de terror que andava lendo e desci sem pressa a estradinha inclinada que levava até o clube. Sabendo que, apesar daqueles três superconectados terem me desprezado, eu não ia ficar inteiramente só. Porque havia o Ernesto, é claro, e ele estava sempre lá.

– Bom-dia, seu Hans. – Assim que cheguei, cumprimentei o velho jardineiro do clube, um homem grandalhão, de cara vermelha, simpáticos olhos claros e mãos enormes, que era mestre em podar os arbustos de azaleias em formatos arredondados e em cuidar do canteiro de hortênsias azuis, que era o mais bonito da cidade.

– Bom-dia, *mein Prinzessin* – respondeu ele, com aquele sotaque alemão, embora falasse português perfeitamente. Então cortou uma das azaleias recém-desabrochadas e me ofereceu, todo gentil – Para a princesinha deste castelo.

Fiquei toda boba com a comparação. Mas lembrei que, afinal, aquele castelo nunca tivera uma princesa de verdade. Porque eu, que sempre fui curiosa, conhecia sua história direitinho. E sabia que, apesar de ficar em Petrópolis, cidade de veraneio do imperador e sua corte, nunca ninguém de sangue azul havia pisado em seus salões tão lindos.

– A monarquia acabou no século XIX – lamentei, porque eu adorava histórias de castelos aristocráticos e príncipes encantados. – E isto aqui só começou a ser construído depois de 1930. Já não havia reis nem princesas, então.

O jardineiro assentiu com a cabeça e piscou para mim. Ele também conhecia por alto a história do milionário banqueiro do jogo do bicho que um dia sonhara com uma montanha encantada, onde construiria um luxuoso palácio de verão para passar férias com a família. E que tinha erguido ali aquele castelo com 18 quartos enormes, piso de mármore precioso e madeira nobre, sacadas e vitrais, escadarias cheias de curvas, e com torres de pedra em meio a um jardim com muitas flores. E que havia perdido tudo ao ser preso, afundado em dívidas de jogo e sido obrigado a hipotecar o palacete – no fim vendido para funcionar como clube e cujos amplos salões eram agora alugados para festas.

– O senhor sabe se o salão do Ernesto está aberto?

– Está sim, *mein Prinzessin* – garantiu o velho, olhando com simpatia para o livro que eu tinha na mão. – E está vazio, não se preocupe. Ninguém vai perturbá-la por lá.

"Ótimo", pensei. Adorava ler no salão do Ernesto, que também era conhecido como o "fantasma" do castelo. Sentada nos primeiros degraus da escadaria imponente – com corrimão de madeira trabalhada em flores de lótus e arrematado por um elmo medieval estilizado –, eu viajava na leitura de histórias fantásticas, mergulhada no clima de mistério que parecia emergir das paredes sólidas, das sancas do teto altíssimo, do chão de tábuas enceradas e do enorme candelabro de bronze adornado por dezenas de lâmpadas em forma de velas. Só assim esquecia um pouco o Pedro e o fim traumático do nosso namoro.

E ainda tinha o Ernesto. Ou, melhor dizendo, *antes de tudo* tinha o Ernesto. Que nada mais era que uma escultura de um cavaleiro antigo, esculpida em madeira escura e do tamanho de um homem de verdade, vestindo uma espécie de armadura e segurando com as mãos uma longa espada com a ponta apoiada em seu pedestal.

Todos ali diziam que ele era mais que uma simples escultura, que era um fantasma e assombrava o castelo. E eu adorava acreditar nisso... o que, aliás, não era difícil, porque bastava olhar bem dentro daqueles olhos imóveis para sentir uma espécie de calafrio percorrendo a espinha de alto a baixo. E era ali, em companhia do fantasmagórico Ernesto, que eu devorava livros e mais livros durante as férias, enquanto a Juliana, o João Carlos e o Eduardo ficavam em casa grudados à internet.

Entrei no amplo salão desprovido de mobília e me acomodei no segundo degrau da escada, com um suspiro de satisfação. Através da porta aberta, olhei de novo para o jardim ensolarado, onde o velho Hans agora moldava um arbusto de tuia com cortes ágeis de sua tesoura. O Ernesto estava ali ao meu lado, impassível como sempre, diligentemente vigiando seu castelo, e nem se importou quando o jardineiro atravessou a porta.

– Todos pensam que este cavaleiro se chama Ernesto – segredou o velho de repente, me olhando de um jeito maroto e enxugando o suor da testa com as costas da mão. – Mas seu nome verdadeiro é Siegfried, o filho do Reno. E está cheio de histórias mágicas, de dragões, de heróis e de trágicos amores para contar.

Disse isso e saiu em silêncio, sem dar mais nenhuma explicação. Do lugar em que eu estava pude vê-lo voltando para o jardim, onde continuou tranquilamente a podar a tuia. Abri meu livro e logo tentei começar a ler, mas fiquei com aquele nome esquisito martelando no pensamento. Quer dizer que o misterioso Ernesto na verdade tinha um nome alemão? Pelo menos para o velho Hans, o cavaleiro se chamava Siegfried! Mas que histórias assim tão fantásticas teria ele para contar? E como uma escultura poderia contar histórias? Seria o Ernesto – ou o Siegfried – mesmo um fantasma?!

≈≈ ≈≈ ≈≈
≈≈ ≈≈ ≈≈

acho q se escreve siegfried

Teclei, conversando com os amigos pela internet naquela mesma noite. Ainda meio impressionada, eu havia contado aos outros o que ouvira do velho Hans. Ninguém ligou muito. Só a Ju pareceu *um pouco* interessada.

sempre achei esse cara meio estranho, teclou ela, em resposta.
dar um novo nome pro ernesto e dizer q ele conta historias
isso eh bizarro demais
vai ver q ele tah meio esclerosado

Mas eu tinha ficado supercuriosa.

Já ouvira falar algumas coisas bem interessantes sobre aquele velho jardineiro de olhos azuis. Muita gente no clube sabia que ele era descendente de alemães e que seu avô havia aportado no Brasil por volta de 1880, vários anos depois das enormes levas de compatriotas que chegaram a Petrópolis a fim de abrir a estrada da Serra da Estrela e ajudar a construir o Palácio Imperial. A família era da região do rio Reno, como tantos colonos germânicos da cidade. E mais, seu avô não era da construção civil como os outros, mas sim um jardineiro de mão--cheia – e viera, a convite do próprio Dom Pedro II, para cuidar dos exuberantes jardins do palácio predileto do imperador.

Eu lembrava até mesmo de um detalhe curioso da história: dizia-se que havia sido o avô de seu Hans que trouxera da Europa as primeiras mudas das flores que, mais tarde, iriam se espalhar pela cidade, enfeitando as casas e as ruas com seu azul delicado: as hortênsias, que depois (que pena!) ficariam mais raras por causa das mudanças climáticas.

amanha vou perguntar pra ele q historias são essas
e tbm q historia eh essa de o ernesto se chamar siegfried
tão a fim de ir lah comigo?

Convidei a Juliana e os garotos através do nosso bate-papo online. Mas, como eu já esperava mesmo, ninguém ficou muito animado com meu convite.

marquei um game na net c/ uma galera ae, logo informou o Eduardo,
e o joca tbm vai jogar com a gnt

Menos dois. Mas quem sabe a Ju não topava?

amanha eu resolvo, tah?, teclou ela, talvez tentando não me deixar chateada.
me avisa qdo estiver descendo :-)

Ainda fiquei um pouco com o computador ligado, confesso que bastante entediada, vendo uns e-mails e escrevendo alguns posts no Facebook. Mas fui dormir com a cabeça povoada de histórias de cavaleiros e príncipes, monstros mitológicos e seres quiméricos, o que justificava plenamente o que todos na família viviam sempre dizendo de mim: "Melissa tem a cabeça nas nuvens... essa menina tem mania de princesa..."

II
O Ernesto e o Siegfried

Fui acordada na manhã seguinte pelo toque insistente da campainha da porta. Sabia que meus pais haviam ido ao supermercado, então não havia o que fazer senão levantar para atender, morrendo de sono e me perguntando quem seria o chato que, em plenas férias, saía por aí acordando as pessoas antes das 10.

E foi uma surpresa e tanto. Assim que abri a porta vi uma cena bastante inusitada: lá estavam os três – o João Carlos, a Juliana e o Eduardo –, em pessoa, me olhando com uma cara indescritível, entre confusos e meio desarvorados. Eu me preparei para uma má notícia.

– O condomínio todo está sem internet, Mel – declarou o Edu, muito sério e solene, como se anunciasse a eclosão da Terceira Guerra Mundial.

"Até que a notícia nem era tão ruim assim", pensei comigo mesma, tentando conter o riso, que teimava em surgir, sem que eu quisesse, diante daquela cena hilariante: três viciados em internet, parados ali na minha porta, e em plena crise de abstinência conectiva.

20

— Você já tentou conexão hoje? — perguntou a Ju, toda aflita, lançando um olhar desolado para o meu computador desligado sobre a mesa da sala.

— Não — respondi, bocejando. — Acabei de acordar, gente...

— Nem ia adiantar. A net caiu ontem à noite e até agora ainda não voltou.

— Mas isso não pode ficar assim, é um absurdo! — decidiu o Joca. — Vamos reclamar na administração!

E saíram os três rapidamente, certos da urgência e da importância da missão. Foi aí que eu não contive uma risada alta — que, para minha sorte, ninguém ouviu.

$$\sim\!\!\sim \sim\!\!\sim \sim\!\!\sim$$

— Eles disseram que o defeito foi muito, muito grave.

O Eduardo parecia não acreditar na terrível verdade que ele mesmo anunciava.

— Foi um rompimento de cabo, sei lá, e ainda por cima uma peça importante que queimou, e não tem previsão nenhuma pra nossa conexão voltar.

Estavam todos tão arrasados que comecei a ficar com pena. A Juliana desandou a reclamar:

— Já pedi à minha mãe pra voltarmos pro Rio hoje mesmo. Não posso perder as novidades do Facebook, do Twitter... Mas ela disse que vamos ficar até o fim das férias. Naquela família ninguém se importa comigo!

— Pior somos nós, no meio do torneio online de *Call of Duty* — lamentou o João Carlos, com a maior cara de velório. — Isso é azar demais!

Tentei consolar:

— Vai ver que nem vai demorar muito, gente. Enquanto isso podemos tomar uns banhos de piscina, jogar um vôlei, explorar as torres do castelo...

Fui imediatamente fuzilada por três pares de olhos indignados.

– Pra você tanto faz, né, Melissa? – ofendeu-se o Edu. – Acho até que você gostou...

Eu não queria piorar as coisas, por isso mudei de assunto:

– Vocês vão ficar aqui no condomínio mesmo? Porque eu vou descer até o clube. Estou querendo levar um papo com o seu Hans.

Foi aí que uma súbita luz se acendeu no rosto antes desanimado do Joca:

– É isso, Mel! Por que não tive essa ideia antes? Lá no clube deve ter sinal!

Aquela última frase funcionou como uma deixa. Na mesma hora todos os três resolveram descer comigo até o castelo, naturalmente levando seus notebooks e tablets.

Em vão. O clube também ficara sem conexão. O defeito tinha sido externo e geral, explicou o gerente; já haviam reclamado com a operadora, mas as perspectivas de conserto não eram nada animadoras.

– Podemos ir até uma lan house na cidade – propôs o Eduardo, numa última e desesperada tentativa de não desistir do tal campeonato online.

– Pra ficar jogando a tarde toda? Não vamos ter tanta grana, cara...– finalmente o Joca estava entregando os pontos.

Meio desnorteados, caminharam pelo gramado até uns banquinhos do jardim, e eu fui atrás, agora bem preocupada. Não imaginava que meus amigos pudessem ficar tão mal por causa de uns poucos dias sem internet. Então sentamos todos, cabisbaixos e calados, envoltos em um clima de pesado luto. Foi quando uma grande mão se estendeu à nossa frente, segurando dois raminhos de crisântemos amarelos entre os dedos cheios de calos.

– Para a princesa deste castelo e também para sua bonita amiga. – Era o velho jardineiro do clube, que oferecia flores para mim e para a Ju, com seus modos educados e seu sorriso de sempre.

– Obrigada, seu Hans – respondemos nós duas, quase ao mesmo tempo.

Mas eu logo corrigi, querendo retribuir a gentileza:

– *Danke, herr Hans* – traduzi, gastando todo o alemão que eu conhecia.

Saindo um pouco do abatimento em que estava, o Eduardo se interessou pela conversa:

– O senhor nasceu mesmo na Alemanha, seu Hans?

– Quase isso. Meu avô era alemão, das margens do rio Reno. Meu pai nasceu aqui em Petrópolis, como eu. Porém, todos nós nascemos em Worms. – E deu um sorrisinho enigmático.

Nós quatro nos entreolhamos, lembrando do que a Juliana teclara: *"vai ver q ele tah meio esclerosado"*. Mas o jardineiro logo explicou:

– Quando os primeiros colonos germânicos chegaram aqui para trabalhar na abertura da estrada da serra e na construção do palácio do imperador, Petrópolis ainda não era cidade, e seu desenho estava sendo traçado por um major de nome Julio Koëler. Esse engenheiro, naturalizado brasileiro, tinha como uma de suas tarefas a urbanização de uma vila imperial, dividida em grandes áreas chamadas quarteirões.

Até aí ninguém estava entendendo aonde o velho queria chegar. Mas ele continuou, bem entusiasmado com o que ia contando:

– Para os germânicos se sentirem à vontade e se lembrarem de sua terra, Köeler repetiu nesses quarteirões os nomes dos lugares de origem daqueles colonos. Por isso, desde então a cidade tem áreas com nomes de cidades alemãs como Bingen, Ingelheim e... Worms.

Isso eu realmente não sabia.

– E Worms – acrescentou – é exatamente a região de Petrópolis em que fica este clube. Foi nestes arredores que meu pai e eu nascemos. Só meu avô nasceu na Worms europeia.

"Que coisa curiosa!", pensei, cada vez mais interessada.

– Mas agora devo voltar ao trabalho. Ainda preciso adubar o canteiro de hortênsias.

– Peraí, seu Hans – apelei. – Queria saber sobre aquela história de o Ernesto se chamar Siegfried...

O jardineiro sorriu de leve.

– Posso explicar, *mein Prinzessin*, mas não agora. Tenho que terminar o trabalho de hoje. Se quiser, podemos nos encontrar mais tarde... lá no salão do Ernesto. – E então riu abertamente – Quero dizer, lá no salão do Siegfried!

〜〜 〜〜 〜〜
〜〜 〜〜 〜〜

Jogamos várias partidas de pingue-pongue e tomamos uns sorvetes na lanchonete do clube, fazendo hora para o encontro com seu Hans. Ele só ia poder chegar depois das oito, e, sem internet, meus três amigos hiperconectados não tinham mesmo nada melhor para fazer. E por isso haviam resolvido ir também.

Já estava escuro do lado de fora quando entramos no salão. Lá permanecia o Ernesto, impávido, sempre de pé em frente à escadaria, todo empertigado e em completo silêncio, guardando a porta que dava para o salão do espelho, que ficava logo atrás. O ambiente estava à meia-luz; tudo parecia mais misterioso que nunca. E isso me entusiasmava.

– Não acredito que essa estátua idiota seja mais do que uma estátua idiota – logo criticou o Joca, ainda irritado por ter tido que desistir do seu precioso campeonato online. – Muito menos que assombre o castelo à noite, como esses bobos todos vivem dizendo.

O Eduardo se achou na obrigação de concordar, também bastante mal-humorado:

– Isso é tudo uma grande besteira. Estátua com nome de gente, nunca vi coisa mais ridícula! E agora até com nome alemão...

Só a Ju não dizia nada. Estava ocupada em olhar meio desconfiada para o Ernesto, que parecia estranhamente humano na penumbra. Foi quando finalmente chegou o velho Hans.

– *Guten Abend*, meus jovens, quero dizer... boa-noite! – cumprimentou ele, de roupas limpas, banho recém-tomado, e com os cabelos cheirando a água-de-colônia. E se virou para a estátua, todo atencioso: – *Guten Abend, mein lieber Siegfried.*

Até eu fiquei um tanto pasma. Ele tinha dado boa-noite a uma escultura de madeira! O coitado não devia estar mesmo batendo bem.

Os dois garotos seguraram o riso, embora ainda estivessem cheios de má vontade.

— Essa bobagem de fantasma não existe — resmungou o João Carlos, bem na cara do velho, sem ligar se poderia magoá-lo. — Menos ainda fantasma alemão arrastando correntes no Brasil. Só mesmo na cabeça oca da Melissa, que vive o tempo todo pensando em histórias de mistério, príncipes encantados e contos de fada.

Ignorei a provocação. E recebi a imediata solidariedade da Juliana, que se voltou simpaticamente ao jardineiro:

— Eu também quero saber quem é o Siegfried e o que o Ernesto tem a ver com ele.

— Mulheres! — reclamou o Edu, com um arzinho de enfado.

E recebeu uma resposta rápida:

— São elas que movem o mundo, *mein Junge*. — O velho Hans parecia divertir-se, mas notei que ele falava sério. — E é por isso que o nosso príncipe Siegfried está aí, até hoje esperando por sua princesa Kriemhild.

— Como assim? — perguntei, curiosíssima.

— Estamos em Worms, não estamos? Isso vocês já sabem. Pois então... o príncipe Siegfried foi morto em Worms! Por causa do orgulho desmedido de duas damas muito poderosas. Assim, se transformou no fantasma que mora nessa escultura de madeira e vive agora em permanente espera pelo definitivo encontro com seu grande amor.

— E por que ele foi morto, seu Hans? — Embora não tivesse entendido bem a explicação anterior, eu me interessava cada vez mais por aquela misteriosa saga de príncipes e princesas, de poder e de orgulho, de amor e de morte.

— É uma longa história, *mein Prinzessin*. Mas posso contá-la a você, com todo o prazer. Só que vai ter que ficar para amanhã, porque acordo sempre antes do sol nascer, e meu corpo cansado está exigindo uma boa noite de sono.

– Podemos nos encontrar de novo aqui, depois do seu trabalho? – propus, ansiosamente. – Quem sabe o senhor chega mais cedo?

– *In Ordnung*! – exclamou ele, em alemão, para logo depois traduzir: – Está ótimo! Nos vemos aqui às sete da noite.

III
O Espírito do Rio

No dia seguinte estávamos os quatro de volta ao salão do Ernesto, pontualmente no horário marcado, e cada um com seu motivo. Eu, porque andava louca para conhecer a história do príncipe Siegfried e da princesa Kriemhild. A Juliana, porque – já que não dava mesmo para acessar suas atualizações ou postar fotos nas redes sociais – queria descobrir o que o Ernesto tinha a ver com aquilo tudo e se ali havia realmente um fantasma. O Joca e o Edu, porque o torneio online estava perdido de qualquer forma e a internet teimava em continuar fora do ar.

Quando chegamos, o seu Hans já esperava por nós e pareceu feliz em nos ver. Lá fora tinha escurecido havia pouco, e apenas a luz fraca de uma arandela clareava parte do ambiente, projetando sombras por todos os cantos. Já que não havia móveis no salão, nos sentamos nos degraus da escadaria, e o velho jardineiro, de pé ao lado do Ernesto (que curiosamente parecia atento a tudo), pigarreou e começou a falar:

Quem me contou sobre Siegfried e Kriemhild pela primeira vez foi meu avô Theodor. Ele foi o primeiro de nossa família a ter que deixar sua terra natal, que, como sabemos, era a cidade de Worms, às margens do rio Reno. Muitos imigrantes já tinham vindo para as Américas em busca de uma vida melhor, mas meu avô – que estava casado havia pouco com minha avó Ingrid e era pai de duas meninas pequenas – até ali havia resistido. No entanto, a vida do povo naquela região da Europa não estava nada fácil no final do século XIX. Havia problemas políticos sérios, e tanto pobres quanto ricos andavam endividados e desiludidos. O desemprego era grande, pois a economia se baseava na produção de aço e de carvão, atividades que haviam entrado em crise há alguns anos.

Na verdade, vovô Theodor não trabalhava em nenhuma dessas áreas; ele era especialista em plantas e flores, um jardineiro de fama e competência, para quem nunca havia faltado serviço. Mas as coisas agora estavam diferentes. A clientela diminuía cada vez mais, porque ter jardins bonitos não é a principal necessidade da vida. Havia outras bem mais urgentes, e ele foi ficando com pouco trabalho. Foi quando soube, através de um amigo de seu pai que chegara ao Brasil nos primeiros navios de imigrantes, que a Corte Imperial brasileira – que havia algumas décadas erguera um lindo palácio de verão e dava impulso ao desenvolvimento da recém-construída cidade de Petrópolis – estava à procura de um jardineiro europeu para cuidar dos seus jardins.

Para ele ia ser muito difícil se despedir da terra que tanto amava e principalmente do rio Reno, em cujas margens passara a infância e adolescência, se tornara homem e construíra um lar. Mas a oferta de trabalho no Novo Mundo era boa demais, e ele não tinha muita escolha. Assim, separou algumas mudas de flores para levar, juntou os pertences da pequena família em grandes baús, despediu-se dos pais e irmãos e se preparou para partir com a mulher e as filhas para essa viagem possivelmente sem volta, não tendo a menor ideia do que os esperava do outro lado do oceano.

O velho Hans era um maravilhoso contador de histórias, isso deu para ver logo de início. Ele colocava sentimento em cada palavra, valorizando a narrativa com gestos largos e entonação teatral e conseguindo criar o maior clima.

Estávamos todos muito quietos, muito concentrados, meio hipnotizados, até que a Juliana acabou não segurando a curiosidade:

– E quando é que o Ernesto, ou o Siegfried, entra na história? – perguntou baixinho, quase sussurrando.

– Logo, logo – garantiu ele, suavemente, sem se importar com a interrupção. E prosseguiu:

Havia chegado a antevéspera da partida. O coração do meu avô Theodor se apertava com o passar das horas. No meio da tarde, ele decidiu ir até a beira do rio para ver pela última vez o lugar que fizera parte de toda a sua vida, e onde se sentira sempre tão feliz. Era primavera. As margens desertas daquele trecho do Reno estavam salpicadas de flores coloridas, e suas águas corriam tranquilas e lisas. Não havia mais ninguém em volta. Ele se sentou na relva, olhando na direção oposta ao fluxo da correnteza, lutando para segurar as lágrimas pela saudade antecipada. Mas não conseguiu. Em pouco tempo estava chorando de soluçar, e seus soluços se misturavam ao barulho monocórdico do rio.

"Se ao menos eu pudesse levar daqui uma lembrança para sempre", lamentou e se inclinou para trás, deitando-se entre as flores, o corpo todo em contato com aquela terra que tão bem conhecia e que, muito provavelmente, nunca mais tocaria nem mesmo com a ponta dos dedos.

Fechou os olhos, respirou o mais fundo que pôde, e foi aí que ouviu um ronco alto e muito, muito estranho. Assustado, levantou rapidamente e não entendeu o que via. Num pequeno segmento do rio bem próximo à margem, um súbito redemoinho se formara, causando um turbilhão de espuma e erguendo uma assombrosa coluna líquida que logo começou a tomar um feitio incrivelmente bizarro. Meu avô esfregou os olhos, estupefato, e teve ímpetos de sair correndo. Mas ficou ali, paralisado de espanto.

A coluna de água se elevara bem alto e agora dava para distinguir, em contraste com a placidez do céu, uma gigantesca figura humana que o fitava com olhos fluidos. Um gigante liquefeito e cristalino, totalmente moldado em água, se levantara do leito do rio e agora falava com ele:

"Sou o Espírito do Reno, Theodor", borbulhou, espalhando espuma. "E vim para consolar-te, dando-te a lembrança que tanto queres levar daqui."

– Espírito do Reno? – reverberou a voz incrédula do Joca pelo salão vazio. – Sem essa, seu Hans! A história está muito bacana, e coisa e tal, mas nisso não dá para acreditar de jeito nenhum!

Fiquei zangada com aquele protesto:

– Olha aqui, João Carlos, fui eu que pedi para ele contar a história, tá? Eu até deixo você ouvir, desde que não fique aí dando palpite fora de hora. Se não está gostando, pode ir embora, não é obrigado a ouvir mais nada.

Surpreendentemente, o Joca engoliu a bronca sem reagir e não se mexeu do lugar. Até a Juliana, que já ia de novo perguntando sobre o Siegfried e o Ernesto, resolveu ficar calada depois daquela minha explosão. Mas o velho jardineiro nem se abalou. Sorrindo de leve, retomou de onde parara:

"Vou confiar-te um grande segredo e incumbir-te de uma importante missão", anunciou o deus-rio em tom aquoso, sem se importar com os olhos arregalados do outro. "E também vou contar-te uma história, uma história bastante conhecida e que há anos é contada de muitas e muitas formas por toda a Europa, mas cuja versão verdadeira é precisamente a que conheço, já que fui eu a principal testemunha dos fatos. Trata-se da história do imenso e desventurado amor de Siegfried e Kriemhild, que vai precisar de tua ajuda para poder ultrapassar as fronteiras da morte."

Meu avô, que até então estava estático, se aproximou mais da beira do rio, em passos trêmulos. Aquilo era inacreditável, mas de fato estava acontecendo... Ele não estava sonhando nem havia abusado do vinho. E não tinha como fingir que não via o que via ou que não ouvia o que ouvia. Só lhe restava encarar com coragem aquela situação surpreendente:

"Estou à disposição, Grande Reno. Mas o que devo fazer?"

"Tu e teus descendentes, acolhidos em terras distantes daqui, deveis ajudar uma profecia a se cumprir."

"Uma profecia?", admirou-se meu avô.

"Sim, Theodor, uma profecia perdida do grande Nostradamus, algo que já está escrito no livro do destino muito antes de ter sido profetizado... muito antes de teres nascido... muito antes até mesmo de teus antepassados Siegfried e Kriemhild terem visto a luz do sol pela primeira vez."

É claro que passou pela cabeça de meu avô que ele só podia mesmo estar perdendo o juízo. Profecia de Nostradamus? O famoso alquimista e vidente do século XVI? E era ele, um simples jardineiro, que estava sendo requisitado pelo espírito do Reno, mais de 300 anos depois, a fim de ajudar a cumpri-la? Mais absurdo ainda: esse simples jardineiro era parente dos famosos nobres Siegfried e Kriemhild, que tinham vivido em Worms há cerca de 1.300 anos? Só podia ser um sonho sem sentido...

"Pega aquela pedra, Theodor, que melhor lembrança eu não poderia te dar", ordenou o Espírito do Reno, sem tempo para hesitações. "E lê atentamente o que está escrito nela."

Meu avô obedeceu. Abaixou-se à beira d'água e alcançou a pedra arredondada e lisa, de veios brancos e alaranjados, que havia sido apontada pelo espírito do rio. E nela leu, caprichosamente gravadas a cinzel em letras miúdas, as seguintes palavras aparentemente inde-cifráveis:

O morto vitorioso se unirá para sempre à bela amada da vã desforra
Levado pelas valquírias por uma das portas do Valhalla
Num ano em que o pequeno fogo alcançar a ilha das seis rainhas
E em que o mais novo descendente do Reno regressar da vila que transpôs
o mar

No castelo em brasa que não viu coroas, o morto vai enfim se libertar
Da prisão entalhada e de duras feições imóveis no vazio
Quando a princesa de doce alcunha encontrar o herói que fez o caminho de
volta
E sua alma, páramo de sonhos, dele incontinenti se tornar cativa

Lendo aquilo, o coitado ficou ainda muito mais aflito. Não havia conseguido entender coisa nenhuma. Como ajudar a cumprir uma profecia que ele não tinha a menor ideia do que significava? Mas o Espírito do Reno logo o tranquilizou:

"Quando chegar o tempo certo, a profecia será compreendida. Se isso não acontecer durante os teus muitos anos de vida, passa a pedra para teu filho varão que nascerá no Novo Mundo, e conta a ele tudo o que viveste aqui. Se também com ele o tempo não for chegado, instrui para que faça o mesmo com teu neto, o filho dele, e assim por diante. E então tudo vai acontecer precisamente como está escrito, justamente no lugar vaticinado, exatamente como tem que ser."

Vovô Theodor não podia contrariar o deus das águas, que certamente sabia bem o que dizia. Então guardou obedientemente a pedra úmida no bolso do casaco e esperou em silêncio por novas instruções.

"Volta amanhã", disse o Espírito, após uma longa pausa, "para que eu te conte a verdadeira história de Siegfried e Kriemhild, que tu deves contar a teus descendentes do mesmo jeito que ouvires de mim."

E meu avô novamente obedeceu.

Ao voltar à margem do rio no dia seguinte, véspera de sua viagem para o Brasil, vovô Theodor encontrou pela última vez o Espírito do Reno, que lhe narrou a história mais emocionante que já ouvira em toda a sua vida.

E o velho subitamente parou aí. Ficamos todos olhando para ele, com a respiração suspensa, esperando ansiosos a continuação. Mas o jardineiro apenas disse:

– Já está tarde, e a história é longa. Podemos prosseguir amanhã à mesma hora.

– Tudo bem, seu Hans – concordei, notando seu rosto cansado. – Mas fiquei curiosíssima com essa tal profecia... quem sabe eu consiga entender o que quer dizer? Será que o senhor podia ditá-la para mim?

Tirei meu caderninho e uma caneta da bolsa, e ele logo se prontificou, com a fisionomia de repente iluminada:

– É claro, *mein Prinzessin*. Anote aí.

E repetiu lentamente, em tom pomposo, os versos místicos de Nostradamus escritos na pedra do Reno:

O morto vitorioso se unirá para sempre à bela amada da vã desforra
Levado pelas valquírias por uma das portas do Valhalla
Num ano em que o pequeno fogo alcançar a ilha das seis rainhas
E em que o mais novo descendente do Reno regressar da vila que transpôs o mar

No castelo em brasa que não viu coroas, o morto vai enfim se libertar
Da prisão entalhada e de duras feições imóveis no vazio
Quando a princesa de doce alcunha encontrar o herói que fez o caminho de volta
E sua alma, páramo de sonhos, dele incontinenti se tornar cativa.

IV
O Filho do Reno

Naquela noite, voltamos para o condomínio em silêncio. Subimos juntos a estradinha íngreme que ia do clube às casas como se cada um de nós fosse o único sob a luz tênue da meia-lua. Nós nos despedimos com um aceno de mão e tratamos de ir logo dormir. Afinal, o sinal da internet ainda não havia sido restabelecido, e estávamos todos – eu principalmente – num estado um tanto letárgico, como se o encontro do avô do jardineiro com o tal Espírito do Reno, e mais ainda, as palavras cabalísticas da profecia de Nostradamus, de alguma forma tivessem nos afetado.

O dia seguinte passou devagar. Para mim, por causa da ansiedade pela continuação da história (e porque não parava de pensar no Pedro), e para os outros três (é claro) porque a conexão ainda não havia sido consertada. Eu me ocupei em ler e reler a anotação que havia feito na noite anterior, sem que me ocorresse nada que ajudasse na solução daquele antigo enigma. Talvez, quando a internet voltasse, eu pudesse fazer umas pesquisas...

Mas finalmente chegou a hora do encontro com o velho Hans.

– Meu pai morreu quando eu era ainda bem pequeno – foi logo dizendo ele, assim que nos acomodamos todos na escada. – E foi por isso que, assim que deixei de ser criança, recebi diretamente das mãos de meu avô a pedra com a profecia de Nostradamus, que nenhum dos dois conseguira desvendar. E também foi por isso que ouvi dele, e não de meu pai, a história do Espírito do Reno e também a narrativa verdadeira da trágica saga de Siegfried e Kriemhild.

– Quer dizer que essa tal pedra existe mesmo? – A Ju ainda meio que duvidou. – E que agora o senhor está com ela?

Os dois garotos se entreolharam com uma cara incrédula, e o Joca logo provocou:

– Nossa, vai ser muito legal ver essa pedra de perto! Quando é que o senhor vai nos mostrar?

O jardineiro imediatamente mudou de assunto, parecendo um pouco incomodado:

– Vão querer que eu comece a contar a história... ou não? Já sabem que não posso dormir tarde.

– Claro, seu Hans. – Eu me apressei a botar panos quentes. – Afinal, é para isso que estamos aqui, não é?

Tive a impressão de que ele ficou aliviado. Então, tomou fôlego e começou:

– Bom, sendo assim, vamos ao início de tudo, exatamente como ouvi de meu avô Theodor, narrado a ele naquela tarde de primavera pelo Espírito do rio Reno:

Há muito, muito tempo, lá pelo século V da Era Cristã, existia um antigo assentamento romano próximo à margem esquerda do rio Reno, nas então chamadas "terras baixas", onde há anos já não vivia mais ninguém. Esse lugar, que tinha por nome Xanten, é hoje uma bela cidade turística alemã que fica junto à fronteira com a Holanda.

E Xanten ficava aos pés da imponente Fürstenberg (ou "montanha do príncipe"), um lugar que encantou o rei francônio Siegmund a ponto de lá ele ter se estabelecido em companhia de sua bela esposa Sieglind e de toda a sua corte. A partir daí, a localidade – assim como seus arredores – se desenvolveu rapidamente, tornando-se o burgo mais rico e poderoso de todas as redondezas, como também aconteceu com seus bondosos soberanos.

E tudo iria bem nesse próspero reino, se não fosse por um pequeno detalhe: a rainha não conseguia engravidar do esperado herdeiro, mesmo depois de muito tempo de casada.

"Quem herdará estas terras férteis e todas estas riquezas fabulosas quando não estivermos mais aqui?", lamentava-se ela para Adne, a velha serva que ajudara a criá-la e que era esperta como uma águia.

"Só há um jeito, minha senhora", respondeu um dia a aia, trazendo finalmente uma esperança. "Teremos que apelar para o Espírito do Reno."

Ante o espanto da nobre Sieglind, Adne logo explicou:

"Aprendi com as ondinas, seres mágicos que vivem nas águas do rio, um sortilégio infalível: se uma mulher que quer conceber um filho banhar-se nua nas águas do Reno na segunda noite de lua cheia após o solstício de verão, em breve ela terá seu desejo atendido."

Assim – e mesmo sem a rainha ter certeza da eficácia de tal sortilégio –, na época adequada, Sieglind e Adne se dirigiram à noite para a beira do Reno, onde a bela soberana pretendia se banhar à luz da lua, a fim de tentar engravidar do filho tão desejado. Mas, logo que ela se despiu e seu corpo alvo entrou em contato com a água fria, um fabuloso redemoinho no rio assustou as duas, formando a figura fantástica de um gigante líquido. E esse gigante vocês já conhecem... Era o Espírito do Reno, aquele que, muitos séculos depois, viria a se encontrar com o meu avô.

Foi aí que o Eduardo fez uma cara de tédio. Imaginei que ele fosse protestar, dizer que não acreditava em nada daquilo, atrapalhar de novo a contação da história. Mais que depressa olhei feio para ele, que acabou ficando quieto. E o velho Hans continuou, todo animado:

"Virtuosa rainha Sieglind", o gigante aquático trovejou, da forma mais suave que conseguiu, "nove luas após banhar-te em minhas águas, terás o herdeiro por quem tanto suspiras. Mas ouve bem o que vou te dizer: ele não será teu, ou de teu marido, ele será um homem do mundo."

A soberana, naquele momento tão emocionante, talvez não tenha entendido exatamente o que o rio havia tentado dizer com essas palavras. Apenas se curvou em reverência e mergulhou nas águas geladas com o coração aquecido por aquela promessa. E assim, nove meses depois, um lindo menino chegava para alegrar o castelo dos reis e toda a corte de Xanten, que ficou sete dias em grande festa. A ele os pais deram o nome de Siegfried, que significa "vitorioso".

E aí foi a vez de a Juliana interromper:

– Então é esse o fantasma que o senhor diz que agora mora na estátua do Ernesto?

– Isso mesmo – respondeu o velho Hans, muito compenetrado, dando um tapinha amigável no ombro da escultura. – Um herói que viveu muitas aventuras, e cuja alma precisa se libertar desta prisão de madeira.

Os dois garotos disfarçaram um risinho frouxo. E eu, não sei bem por quê, me lembrei na hora de um trecho da profecia da pedra: "No castelo em brasa que não viu coroas, o morto vai enfim se libertar da prisão entalhada e de duras feições imóveis no vazio."

Seria possível o que eu estava pensando? "Castelo que não viu coroas"? Poderia ser aquele clube, onde nunca nenhum rei ou rainha de verdade havia entrado? Mas por que "em brasa"? Até eu onde eu sabia, nunca tinha acontecido incêndio algum ali...

E o morto que "vai enfim se libertar"não poderia ser o Siegfried, que – segundo o jardineiro havia dito e repetido – estava aprisionado ali, naquele salão sem móveis, justamente na estátua do Ernesto? Até que fazia sentido... "da prisão entalhada e de duras feições imóveis no vazio"!

"Nossa, que viagem!", pensei, concluindo que só podia ser tudo imaginação da minha parte. Uma profecia tão antiga e vinda de tamanha lonjura não haveria de se concretizar justamente naquela hora e naquele lugar. Não, isso com certeza seria impossível.

Então deixei de lado aquelas ideias meio malucas e achei melhor não comentar nada com os outros. A história seguiu em frente:

Siegfried cresceu saudável, bonito, forte e corajoso; um partido cobiçado pelas mais nobres donzelas da corte de Xanten e até por formosas princesas de reinos mais distantes, aonde a fama do lindo príncipe havia chegado levada pelo vento. Ele foi treinado nas artes da guerra por seu pai, que era um grande guerreiro, aprendeu a manusear armas com rara competência e a cavalgar com destacada maestria. Parecia o herdeiro perfeito, o melhor filho com que qualquer rei e qualquer rainha poderiam sonhar. Até o dia em que, sentindo-se suficientemente preparado para enfrentar os desafios da vida, chamou seus pais para uma conversa importante e inesperada.

"Preciso partir", anunciou ele, para desgosto dos reis. "Quero saber de onde vêm as águas do rio, explorar suas extensas margens, entender os mistérios da correnteza."

E a voz de seu destino soava mais forte que as súplicas de seus pais:

"Fica conosco, por favor. Um dia tu herdarás a coroa real!"

De nada adiantaram os pedidos insistentes do pai nem as lágrimas sentidas da mãe inconformada. O jovem príncipe reuniu alguns poucos pertences e um punhado de moedas de ouro, encilhou seu melhor cavalo e numa noite partiu sozinho, deixando o rei Siegmund imerso em tristeza e a rainha Sieglind finalmente entendendo as palavras fatídicas do Espírito do Reno: "Ele não será teu, ou de teu marido: ele será um homem do mundo."

Agora, sim, ela havia compreendido tudo. Desde o nascimento, o perene fluxo das águas havia enfeitiçado seu belo varão... porque, na verdade, ele sempre pertencera ao rio. A rainha Sieglind, agora, tinha toda a certeza: seu Siegfried era filho do Reno.

– Nossa – suspirei, realmente encantada. – Que história mais linda!

A Juliana também demonstrou estar gostando:

– Esse Siegfried deve ter sido tudo de bom!

– Parece até personagem de video game – disse o Edu, agora já sem conseguir esconder o interesse.

– É mesmo, cara! – Para surpresa de todos, até o Joca parecia aderir. – Lembra muito aquele herói do *The Legend of Zelda*!

Virei-me ansiosa para o jardineiro, que nos observava sorridente:

– E afinal, seu Hans, para onde o filho do Reno foi?

– Isso saberemos depois, *mein Prinzessin*. Quem quiser aparecer amanhã, já sabe que estarei aqui na hora de sempre.

V
O Tesouro da Discórdia

O relato foi retomado no dia seguinte, e estávamos todos lá, prestando a maior atenção ao jeito animado do nosso contador de histórias, que fingia cavalgar, meio desajeitado, imitando o príncipe Siegfried em sua aventura pelas margens do Reno.

Nosso herói cavalgou por prados e montanhas, sempre seguindo a beira do rio.

Passou por grandes perigos, teve que enfrentar animais ferozes e salteadores cruéis, mas era tão ágil e tão forte que conseguia livrar-se de todos os contratempos apenas com alguns arranhões.

Em meio a essa sua jornada épica, ouvira falar da beleza extraordinária de uma certa princesa, irmã dos três reis burgúndios de Worms – um burgo na margem do Reno, entre a Floresta Negra e os montes Vosgues. E imediatamente se encantara com a ideia de viajar até esse reino com o único propósito de conhecer tal beldade.

Mas seu caminho ainda teria muitos percalços. Numa noite tempestuosa, em que raios riscavam o céu e trovões faziam a terra estremecer, seu cavalo sofreu uma queda, no chão encharcado, e fraturou uma das patas da frente. Com muito pesar, Siegfried teve que sacrificar o animal com sua espada e seguir a pé em meio ao temporal. Não enxergava nada à sua volta por causa da chuva torrencial, sofria com o frio e o vento, e temia o ataque sorrateiro de feras selvagens. Foi quando se deparou com uma construção um tanto tosca logo à frente e bateu à porta.

"O que desejas?", perguntou uma voz rouca ao abrir a porta do ambiente estranhamente esfumaçado.

"Vim em paz", respondeu o herói, sem conseguir ver quem o atendera. "Preciso de abrigo por esta noite."

Com os olhos agora mais acostumados à fumaça que envolvia todo o interior do cômodo, Siegfried pôde distinguir, afinal, a figura atarracada de um homenzinho de longos cabelos grisalhos, que ele logo reconheceu, de tanto que dele ouvira falar: tratava-se de Alberich, rei dos anões nibelungos, o soberano do famoso povo conhecido como "os filhos da neblina". E ali era sua esfumaçada forja, lugar onde o rei dos anões produzia armaduras, elmos, espadas e outros objetos metálicos, usando martelo, bigorna e uma grande fornalha incandescente.

"Não posso abrigar-te, lamento", respondeu o nibelungo. "Estou muito ocupado por esta noite."

Mas o príncipe insistiu, de tão exausto que estava:

"Talentoso soberano da forja e das profundezas ricas em minérios", apelou nosso herói, "peço-vos respeitosamente que me deixeis entrar. Por aqui não há outro lugar onde eu possa me proteger da enorme fúria dessa tempestade."

O ferreiro pensou por uns instantes e acabou fazendo uma proposta.

"Bem que ando precisando de um ajudante. Se o jovem andarilho se comprometer a ficar aqui comigo, como aprendiz, por um período mínimo de um ano, pode entrar e se acomodar. Não lhe faltará o que comer nem um lugar decente para dormir."

E Siegfried imediatamente aceitou, sendo bem recebido na forja do rei dos nibelungos.

– Que coisa – estranhou a Ju. – Um príncipe tão forte e tão corajoso, que veio de um reino tão rico, acabar como aprendiz de um velho ferreiro...

– Ele *não* acabou assim – protestou o jardineiro. – Muita coisa aconteceu a partir daí, exatamente como o Espírito do Reno contou a meu avô.

Eu me impacientei:

– Continue, seu Hans, que estou adorando tudo. Vamos deixar as explicações pra depois.

E ele prosseguiu, tranquilo como sempre.

Pois bem, em pouco tempo nosso herói se transformou num competente ajudante de ferreiro, deixando o anão Alberich muito satisfeito com o trato que haviam firmado. O aprendiz, jovem e forte, além de poupar ao velho um bocado do trabalho pesado do dia a dia, aprendeu a forjar todo tipo de objeto, armadura e arma de metal, tendo se tornado um artesão talentoso. Tão talentoso que um dia forjou, sozinho, uma maravilhosa espada para ele mesmo, com empunhadura toda trabalhada, lâmina afiadíssima e reluzente bainha. E a essa espada tão especial, que o acompanharia até a morte, ele deu um nome curioso: Balmung.

Mestre e aprendiz se tornaram bons camaradas. O anão chegou a mostrar ao ajudante uma coisa muito prodigiosa que tinha guardada em sua casa e que deixou o outro encantado: a Tarnkappe, um manto mágico da invisibilidade que impedia que fosse vista ou atingida por golpes qualquer pessoa que o usasse, além de dar a força de doze homens.

Porém, quase ao fim do período de um ano que Siegfried havia combinado de ficar ali, um sério problema acabou acontecendo entre os dois. O príncipe descobriu que o rei dos nibelungos na verdade não confiava nele, e isso o deixou muito ofendido.

Uma noite o jovem acordou no cômodo em que dormia e ouviu uns barulhos estranhos vindos da forja. Preocupado que fosse um ladrão, levantou-se pé ante pé e se aproximou do lugar, em completo silêncio.

Foi quando teve uma enorme surpresa. Lá estava Alberich, cercado de ouro e pedras preciosas, forjando secretamente um verdadeiro tesouro de peças valiosíssimas. Siegfried então entendeu que o outro fazia aquilo escondido dele, na calada da noite, com certeza porque não o considerava confiável. E ficou tão revoltado que teve um incontrolável acesso de raiva.

"Quer dizer que, mesmo depois de todo esse tempo, não me achas digno de tua confiança?", rugiu, exasperado. "Que me escondes todo esse tesouro porque temes que eu possa roubá-lo?"

"Não estou escondendo nada", mal disfarçou o homenzinho. "Trabalho à noite porque sofro de insônia."

Fora de si de tão ofendido, o príncipe apanhou a mais pesada de todas as marretas e, com golpes impetuosos, enterrou com violência espantosa a enorme bigorna bem fundo no chão. O anão Alberich ficou entre estarrecido e amedrontado.

"Que força descomunal tem o nosso andarilho", elogiou ele, no tom mais humilde que conseguiu, empregando toda sua astúcia em sua fala."Se eu fosse forte assim, iria agora mesmo até o carvoeiro em Heisterbach pegar uns sacos de carvão para abastecer a forja. Sei que é longe, mas nosso carvão está quase no fim. E minha idade não permite que eu leve às costas um fardo tão pesado. Posso incumbir-te de tal tarefa?"

Siegfried conhecia bem o carvoeiro, que de tempos em tempos aparecia na forja para deixar um estoque de carvão. E sabia perfeitamente que se tratava de um gigante enorme, sempre coberto de fuligem e com cara de poucos amigos. Mas – apesar da enorme irritação que sentia pela desconfiança do outro – não viu maior impedimento para a viagem, e assim se lançou à estrada. O que nosso herói não sabia é que havia uma combinação secreta entre o rei dos nibelungos e a colossal criatura.

"Se algum dia eu mandar alguém pessoalmente à carvoaria para buscar carvão", havia dito o anão ao gigante, "essa pessoa deve ser morta sem piedade, no exato momento em que lá chegar."

Dito e quase feito. Assim que o aprendiz chegou à casa do carvoeiro e falou por que estava ali, o colosso se jogou sobre ele com fúria mortal. Chegou a arrancar do solo um carvalho de 200 anos para esmagar sua vítima com extrema brutalidade. E foi aí que Siegfried acabou entendendo que havia caído numa armadilha do astucioso Alberich.

Então lutou com todas as suas forças. Quando o monstro tentou atingi-lo armado com a imensa árvore, ele se abaixou com agilidade e, usando sua querida e afiada espada Balmung, decepou um dos gigantescos pés. O gigante desabou no chão urrando de dor e de ira, se debateu distribuindo murros por todos os lados, mas agora seu pescoço estava ao alcance do jovem príncipe. E de novo a espada Balmung entrou rapidamente em ação: usando sua lâmina aguda, Siegfried desferiu um golpe certeiro no pescoço do monstruoso rival, degolando-o imediatamente e espalhando sangue por todos os lados.

Dessa parte da história o João Carlos e o Eduardo pareceram ter gostado até demais. Para ser bem sincera, ficaram realmente entusiasmados.

– Não falei que parece um video game? E desses cheios de ação e de sangue! – comemorou o Joca, já sem se importar nem um pouco se dava ou se não para acreditar nas palavras do velho.

– Muito maneiro – concordou o Edu. – São bem legais essas sagas que têm anões e gigantes.

O velho Hans ficou contente:

– Que bom que estão gostando. Mas vocês ainda não viram nada.

Enfurecido com o ferreiro por ter lhe preparado tal cilada, o herói de Xanten retornou à forja decidido a se vingar de tamanha traição. A essa altura, julgando que o ajudante tinha sido morto pelo carvoeiro, o rei Alberich havia desentocado do esconderijo seu imenso tesouro e se cercado dele, para poder admirar livremente o brilho do ouro e das multicoloridas pedras preciosas encravadas em tiaras e espadas, armaduras e elmos. Foi quando Siegfried chegou da longa viagem a Heisterbach.

"És mesmo tu?'", horrorizou-se o anão, sem acreditar no que via.

E, antes que o outro tivesse tempo para qualquer reação, o príncipe o subjugou com sua Balmung, fazendo-o jurar obediência e submissão eternas se quisesse escapar da morte – e o tornando o fiel guardião daquela abundante riqueza, que agora passava a pertencer tão somente ao audacioso herói de Xanten.

Foi aí que, sem perda de tempo, Siegfried alcançou a capa Tarnkappe – que estava pendurada atrás da porta – e a guardou em seu alforje. Então reuniu todo o tesouro dos nibelungos em sacas de couro e as enterrou no chão da forja, partindo em seguida montado num dos cavalos de Alberich. Ele precisava encontrar um lugar melhor para guardar a colossal fortuna que havia acabado de conquistar.

– Estou começando a gostar desse Siegfried – riu o Joca, vendo a cara meio chocada da Juliana. – Que cara esperto e corajoso!

– Heróis épicos eram assim mesmo – justificou o velho Hans. – Um pouco brutais, mas tudo funcionava desse jeito naquela época. Cada um que se defendesse...

– É mesmo – concordei. – Os tempos eram outros, o que valia era a lei do mais forte. Mas o Siegfried até que era um cara legal, se levarmos em conta que vivia no século V.

– E o que aconteceu depois? – perguntou a Ju para o jardineiro, ainda abalada pelas cenas sangrentas da saga.

– Amanhã vocês vão descobrir. Mas posso adiantar que tem a ver com um terrível dragão.

VI
O Dragão de Drachenfels

A cordei na manhã seguinte com uma mensagem de texto chegando ao meu celular:

bom D+
a conexão jah voltou
acessa a internet ae pra gnt conversar

Era a Juliana, transmitindo a boa notícia, que para mim nem era tão boa assim. Nunca senti essa falta toda de ficar na internet e, além do mais, isso sem dúvida atrapalharia aquelas férias tão bacanas que eu estava tendo (tinha até esquecido um pouco do Pedro). Era claro que agora os três iriam ficar de novo hipnotizados na frente da tela, sem tempo até para respirar.

"Tudo o que é bom dura pouco", pensei, desanimada. No entanto, realmente havia um lado bom: tendo internet, eu agora poderia pesquisar a respeito da profecia de Nostradamus, para – quem sabe um dia – entender o significado das palavras enigmáticas que estavam anotadas no meu caderninho.

Mas acabei resolvendo nem ligar o computador. Passei a tarde toda terminando de ler meu livro de terror e, quando chegou a hora, desci para o clube a fim de encontrar o velho Hans. Eu estava louca para ouvir a continuação da fantástica história do príncipe Siegfried, embora lamentasse um bocado que os outros não fossem mais aparecer por lá.

Só que eu estava redondamente enganada.

No final da descida vi o Joca e o Edu, que também estavam indo para o clube, e (surpresa maior ainda), quando cheguei ao salão do Ernesto, um pouco antes da hora marcada, encontrei a Juliana – que conversava toda animadinha com o jardineiro, tendo nos cabelos uma flor recém-colhida.

– Mas a internet não tinha voltado? – perguntei, completamente pasma.

– Voltou hoje cedo – confirmou a Ju. – Mas já fiz todas as atualizações que tinha que fazer. O resto pode ficar para amanhã.

Olhei para os garotos, sem precisar perguntar mais nada. Eles foram logo explicando:

– A gente jogou online o dia inteiro. Combinamos de continuar depois.

Impressionante! O velho Hans era mesmo o melhor contador de histórias do mundo! Conseguiu fazer aqueles três largarem o computador só para ficar ali vários dias ouvindo uma lenda antiga ser contada! Quase inacreditável.

– Então vamos começar logo a falar do tal dragão – pedi depressa, toda feliz, ainda temendo que alguém pudesse desistir.

E o jardineiro, com os olhinhos azuis faiscando de satisfação, imediatamente me atendeu:

"Como dito ontem, nosso Siegfried enterrou provisoriamente o tesouro dos nibelungos – que agora pertencia somente a ele – na própria forja de Alberich, saindo a cavalo em busca de um esconderijo mais seguro para tamanha fortuna.

Assim, foi descendo as montanhas Siebengebirge até chegar aos arredores do burgo de Königswinter, onde uma grande confusão estava armada. A princípio sem entender o que ocorria, o jovem príncipe viu uma multidão de homens e mulheres que, em meio a um alarido ensurdecedor, lançavam maldições na direção de uma rocha alta. Era Drachenfels, onde antes – ele veio a saber mais tarde – costumavam morar ferozes dragões.

Ocorre que, já naquela época, essas horríveis criaturas estavam quase extintas, pois haviam se devorado umas às outras em brigas sanguinárias e disputas bestiais. Mas, para azar daqueles pobres coitados que tanto gritavam e se agitavam, ainda restara uma. E ela vivia justamente ali.

Ao mesmo tempo, um barco chegara à margem do rio, e dele haviam descido alguns guerreiros pagãos carregando um fardo que se debatia em desespero. Nosso herói mal pôde acreditar em tamanha covardia: aqueles homens carregavam juntos uma frágil e pálida donzela, toda amarrada, amordaçada e completamente aterrorizada. E, por mais estranho que possa parecer, ela estava lindamente vestida com uma preciosa túnica branca de seda, tendo nos cabelos uma delicada grinalda de flores do campo.

"De onde vêm esses seres desprezíveis, que não se envergonham do que fazem? E qual a razão para esse despautério?", perguntou ele, indignado, a um camponês que assistia a tudo completamente impassível.

"É muito triste, meu senhor, mas necessário. O terrível dragão que mora naquela caverna lá em cima exige um sacrifício desses todos os anos, do contrário ele desce à aldeia e ataca nossas crianças."

Siegfried ficou ainda mais encolerizado:

"Que absurdo! E de onde vem a pobre moça?", quis saber.

"Nossos guerreiros a capturaram na outra margem do rio, onde moram os povos cristãos. Só com o tributo de uma jovem e pura donzela, a quem ele devora sem piedade, o monstro medonho se satisfaz...", tentou justificar o homem.

O príncipe de Xanten sentiu o sangue ferver.

"Vou impedir essa desgraça!", gritou, indo ao encontro dos guerreiros que conduziam a vítima indefesa.

Mas acabou recuando. Eles eram muitos, estavam fortemente armados, e com certeza não se deixariam convencer a libertar a infeliz jovem. Então o herói teve uma ideia. Conhecia um atalho mais íngreme e mais curto que levava à caverna do dragão; se desse um jeito de chegar lá antes de todos, poderia tentar liquidar a fera e evitar que o pior acontecesse.

E Siegfried conseguiu chegar bem na frente. Ouvindo o barulho do mato sendo pisado, o dragão começou a ficar inquieto. A simples antecipação da deliciosa refeição que se seguiria o deixava ainda mais ansioso. Ele então rastejou até a saída da caverna, com as narinas inundadas de cheiro humano e já lambendo os enormes beiços, na expectativa de receber seu prêmio. Foi quando o príncipe pôde vê-lo mais de perto.

É impossível derrotá-lo, pensou. O assombroso animal, de interminável pescoço e portentosa cauda, garras aguçadas e bocarra cheia de dentes pontiagudos, ainda por cima exibia, cobrindo quase todo o seu corpo, uma couraça grossa e inexpugnável, como costumam ser as couraças dos dragões.

De que forma penetrar esse couro escamoso, ainda por cima arrematado no lombo por uma duríssima corcova dentada, usando uma simples espada? Mesmo que essa espada fosse a poderosa Balmung, cuja lâmina fora afiada pelo próprio Siegfried, a missão parecia irremediavelmente fadada ao fracasso.

Afinal, o horrível monstro era ao mesmo tempo gigantesco e ágil. Soltava urros apavorantes e usava a grossa cauda como um chicote mortífero, capaz de dilacerar qualquer coisa que estivesse por perto. Uma patada da fera poderia esmagar um elefante, e o valente príncipe pensou que desta vez não iria viver para contar a história. E quase não viveu mesmo.

Ao longe já se podia ouvir a estridente algazarra da multidão, que subia a montanha carregando a desventurada jovem para que o monstro a devorasse. E Siegfried tinha que evitar essa desgraça a todo custo, derrotando o dragão antes que se aproximassem da caverna. Assim, começou a enfrentá-lo de peito aberto, empunhando corajosamente sua espada, dando saltos acrobáticos para escapar dos chutes das imensas pernas e se abaixando com agilidade para não ser atingido pelos violentos golpes da cauda poderosa.

Isso para não falar nas chamas que a furiosa criatura lançava pela boca. Assim que ela avistou nosso herói – que a encarava em atitude desafiadora e a fazia espumar de raiva –, começou a soltar fumaça pelo focinho e logo expeliu dois flamejantes jatos de fogo em sua direção. Siegfried se abaixou rapidamente e por pouco escapou de ser atingido. Mas o monstro tentou de novo, desta vez quase acertando o alvo. Estava claro que seria apenas uma questão de tempo. O herói precisava agir rápido, e foi aí que teve outra boa ideia. Ele tinha descoberto o ponto fraco do dragão.

Sem perder um segundo, começou a juntar velozmente o máximo possível de galhos e folhas secas, enquanto desviava milagrosamente das aterradoras investidas do bicho. Já com um enorme feixe de galhos nas mãos, na vez seguinte em que o dragão escancarou a enorme boca para lançar fogo, Siegfried tomou impulso e atirou tudo bem fundo na goela escancarada. Foi quando os ramos ressecados começaram a incendiar-se sobre a horrenda língua bifurcada do monstro, fazendo-o se debater e uivar de dor, sacudindo a cabeça para cima e para baixo – assim expondo a pele flexível e macia da parte de baixo do seu pescoço, o único lugar que não era coberto pela couraça esverdeada. O valente príncipe aproveitou a chance: desembainhou sua espada e, com golpes certeiros, cravou-a várias vezes na garganta do dragão, que desabou no chão, banhado em um rio de sangue.

– Que horror – gemeu a Ju, toda sensível.

E eu lembrei:

– Não é pior que muito filme que a gente vê na TV, e é uma história tão linda...

Mas eu também estava impressionada. O velho Hans, com todo o seu jogo de cena, fazia tudo parecer incrivelmente real. Quando falara na espada, havia apontado dramaticamente para a espada do Ernesto e feito todos os gestos da suposta batalha. E agora imitava o dragão agonizante com movimentos teatrais de braços e de cabeça.

E os muitos furos de espada no pescoço do bicho tinham feito seu sangue jorrar bem alto. Mesmo tendo pulado para trás após os golpes, nosso herói havia ficado com a mão direita empapada por aquele líquido viscoso e quente. E nesse momento ele notou uma coisa muito, muito estranha. Na medida em que o sangue do dragão coagulava sobre sua pele, sua mão, antes lisa e macia, ia se tornando sutilmente áspera e escamosa, ficando tão forte e invulnerável quanto a couraça do monstro agora morto.

Foi então que Siegfried percebeu que isso poderia ser um precioso trunfo, que poderia ser a chave para a invulnerabilidade. Aí se despiu inteiro e começou a se banhar no sangue que escorria do corpanzil da fera, por uns instantes tingindo todo o seu alvo corpo de vermelho vivo.

Mas o sangue do dragão acabou não tingindo exatamente toda a pele do príncipe. Porque uma folha de tília havia aderido às suas costas suadas, precisamente entre seus ombros musculosos, deixando aquele pequeno local desprotegido. E era tarde demais quando ele veio a perceber o fato.

– Já vi que isso vai dar problema – riu o Joca.– Parece a história do calcanhar de Aquiles!

– E o que foi que aconteceu com a garota? – perguntei, curiosa.

Quando os guerreiros finalmente chegaram à caverna com a prisioneira, o dragão já estava morto. Ao entenderem que Siegfried era o responsável por aquele grande feito, começaram a adorá-lo como a um deus.

Mas o príncipe, terrivelmente desgostoso com as cenas covardes a que assistira, afugentou todos e libertou a pobre donzela, que em lágrimas beijou suas mãos, imensamente grata. E não foi só gratidão o que a moça demonstrou: ela – como tantas outras – caíra apaixonada por sua coragem sem precedentes, sua força admirável e sua esplêndida estampa.

O herói, porém, sabia que não poderia desposar a jovem, apesar de admirar a delicadeza de seu rosto e a suavidade de seu sorriso. É que estava cada vez mais seduzido pela beleza estonteante de certa donzela que nunca vira. Quanto mais percorria as margens do Reno, mais ouvia falar da formosura incomparável da princesa de Worms, cujo nome era famoso por toda parte: Kriemhild. E agora era chegada a hora de conhecê-la.

O Edu, que tinha ficado o tempo todo sentado na mesma posição, deu uma espreguiçada comprida. Foi quando o jardineiro olhou o relógio e levantou de repente.

– Por hoje, é só – decretou. – Mas amanhã, para quem quiser, tem muito mais.

VII
A Bela Kriemhild

Acho que minha família tinha mesmo razão. Sempre andei com a cabeça nas nuvens... Ainda mais agora que aquela aventura fantástica – contada com tanta graça pelo velho jardineiro – começava a ocupar meus pensamentos o tempo todo, até me fazendo esquecer o Pedro.

Naquela noite cheguei em casa mais sonhadora do que nunca, ainda sob o impacto dos prodigiosos relatos que ouvira: a heroica luta de Siegfried contra o dragão, a libertação da donzela que serviria de lanche para o monstro, e a ideia fixa que impulsionava o valente príncipe de Xanten ao encontro da formosa princesa de Worms. E aí me lembrei do caderninho com a profecia anotada.

Com o sinal da internet funcionando, iniciei uma busca online por algumas palavras dos versos, aquelas que para mim eram a maior incógnita: valquírias e Valhalla. E foi assim que descobri que as valquírias eram jovens e belas deusas da mitologia nórdica, servas do deus supremo Odin, que escolhiam os mais bravos guerreiros recém-abatidos pelo inimigo para conduzi-los − a bordo de seus esplendorosos cavalos alados − por uma das 540 portas do Valhalla. E que Valhalla nada mais era que um salão enorme e majestoso, com o teto coberto de escudos de ouro, ponto do definitivo encontro celestial entre todos os mortos heroicos escolhidos a dedo por essas deusas lendárias.

Eu já estava progredindo. Algumas coisas até começavam a fazer algum sentido: "O morto vitorioso se unirá para sempre à bela amada da vã desforra, levado pelas valquírias por uma das portas do Valhalla"... que negócio era esse de "vã desforra" eu não tinha a menor ideia, mas consegui entender que podia ser Siegfried o "morto vitorioso". Afinal, lembrava muito bem que o jardineiro havia dito que era "vitorioso" o significado desse nome, e o herói evidentemente estava mais do que morto na época em que Nostradamus fez a profecia. Já a "bela amada" a quem ele deveria se unir no Valhalla... eu imaginava que poderia ser a linda Kriemhild, mas só iria ter mais certeza quando ouvisse o resto da história.

Então fui dormir inspirada, torcendo para o dia seguinte chegar logo.

〰 〰 〰
〰 〰 〰

Antes de seguir para o reino de Worms, no entanto, o príncipe Siegfried voltou à forja do rei dos nibelungos − onde havia provisoriamente enterrado seu tesouro − para resgatar a incalculável fortuna em ouro, joias e pedras preciosas e levá-la em segurança até o novo esconderijo que havia escolhido: a caverna do dragão. E essa caverna era, com efeito, o lugar ideal para isso, já que, mesmo depois da morte do monstro, a população aterrorizada evitava até mesmo passar nas redondezas.

O velho Hans retomara a narrativa com mais entusiasmo do que nunca, animado por constatar que sua plateia não diminuíra, apesar de a internet continuar funcionando normalmente. E, de fato − por incrível que pudesse parecer −, estávamos outra vez todos os quatro ali, esparramados nos degraus da escadaria do salão do Ernesto (ou seria do Siegfried, como garantia o jardineiro?), ouvindo atentamente aquela história contada, mais de um século atrás, por um suposto "Espírito do Reno" a um alemão morto há décadas. E olha que chovia à beça lá fora.

Mas vamos chegar a Worms antes do príncipe de Xanten, para conhecermos um pouco dos antecedentes desse burgo e de seus valorosos soberanos. Para isso, devemos recuar no tempo até a heroica época das grandes migrações dos chamados "povos bárbaros". Foi o tempo em que várias tribos germânicas invadiram o Império Romano e colonizaram vastas áreas da Europa ocidental.

Àquele trecho do Reno superior, dominado por verdejantes planícies e pradarias intermináveis, havia chegado uma tribo de origem escandinava, que lá se estabelecera e fizera o lugar prosperar de forma assombrosa: os burgúndios. Esse povo – que precocemente perdera seu rei, o renomado Dankrat –, agora era governado pelos três filhos dele com a gloriosa rainha Uote. Esplêndidos guerreiros e excelentes cavaleiros, Günther, Gernot e Giselher reinavam sobre aqueles extensos domínios com energia, generosidade e coragem sem precedentes.

Mas o que conferia a maior notoriedade ao reino dos burgúndios, mais ainda que a riqueza de suas terras e os fabulosos feitos de seus três reis, era a fama da formosura da irmã deles, a deslumbrante princesa Kriemhild, além de tudo possuidora de nobre caráter. Essa encantadora donzela era cortejada por todos os príncipes solteiros, das redondezas e de burgos distantes, com o oferecimento de dotes magníficos na tentativa de desposá-la. E, no entanto, ela não aceitava o pedido de nenhum.

A Juliana achou engraçado:

– Nossa, essa garota estava podendo mesmo! Se fosse hoje, duvido que alguém fosse besta de recusar algum príncipe desses...

– Mas o jovem Siegfried também não ficava atrás – lembrou o jardineiro. – Tinha todas as mais lindas jovens aos seus pés e não se interessava por nenhuma. Só vivia pensando em conhecer a encantadora Kriemhild, cuja extraordinária beleza era festejada por toda a região do Reno.

E o Joca não perdeu a chance de fazer uma gracinha:

– É, esses dois se mereciam mesmo...

A rainha Uote, mãe da princesa, andava preocupada com a obstinação da filha em não aceitar nenhum pretendente, por mais nobre, atraente e rico que fosse, e por maior que fosse o dote oferecido. Assim, procurou saber o motivo daquele capricho incomum.

"Não hei de me casar jamais", respondeu a bela, muito convicta. "Quero distância do amor, não desejo nunca sofrer por homem algum."

"Mas se almejas, neste mundo, conhecer a felicidade verdadeira, terás que amar e ser amada por um homem digno e gentil", ponderou a rainha, sem conseguir demovê-la.

Ainda firme em seu propósito de continuar solteira, uma noite a doce Kriemhild teve um horrível pesadelo – e o narrou, muito assustada, à sua sábia mãe:

"Sonhei que possuía um falcão selvagem e bonito, que acabou dilacerado diante dos meus olhos por duas águias ferozes. Meu sofrimento foi atroz, porque o estimava demais."

"Esse falcão", interpretou Uote, tristemente prevendo um futuro desventuroso para a adorada filha, "representa um nobre cavaleiro a quem hás de amar muito. E a quem hás de perder tragicamente, a não ser que Deus interfira."

Pouco depois desse estranho sonho da moça, e após uma cansativa viagem vindo de Drachenfels, nosso herói Siegfried enfim chegou ao reino de Worms. Ele vinha elegantemente montado no garboso cavalo branco que pertencera ao anão Alberich – que se rendera incondicionalmente a ele depois de experimentar seu grande poder e desmedida coragem, tornando-se seu dedicado e fiel servo –, trajado com roupas finas que adquirira em Königswinter, e trazia uma sacola de couro com uma pequeníssima parte do imenso tesouro que ocultara na caverna.

Debruçada na sacada de seus aposentos, com os louros cabelos ao sabor da brisa da manhã, Kriemhild avistou a figura cativante do jovem que cavalgava à beira do rio em direção ao castelo. Sentindo o coração disparar, viu quando ele foi recebido por seus irmãos, que logo indagaram quem era e o que desejava ali.

"Sou o herdeiro de Xanten, próspero burgo no Baixo Reno", informou o recém-chegado, sem todavia perceber a donzela que o observava da sacada na torre. "E vim para conhecer a alardeada bravura dos guerreiros de Worms e a tão comentada beleza de vossa irmã."

Vendo tratar-se de um nobre gentil-homem, de cujas prodigiosas façanhas, aliás, muito já tinham ouvido falar, os três reis burgúndios o admitiram no castelo. Mas um ano inteiro se passaria sem que nosso herói pudesse sequer contemplar a perfeição de traços da desconhecida princesa por quem caíra de amores.

Antes disso, muitas provas de coragem e força física lhe seriam exigidas pelos três soberanos, principalmente pelo primogênito Günther, que o desafiou para várias lutas de espada, inúmeras disputas de salto em distância e incontáveis torneios de arremesso de peso e de lança. O jovem Siegfried, como era de esperar, saiu-se muito bem em todas essas justas e competições, fazendo-se ainda mais respeitado e admirado por cavaleiros e damas de Worms. E também por Kriemhild, que de longe o espreitava com a alma enlevada, mas sem jamais se deixar entrever.

Apesar de tudo, foi necessário acontecer uma guerra sangrenta para que a bravura inigualável do príncipe de Xanten fosse definitivamente provada. Guerreiros inimigos liderados pelo rei Liudeger, da Saxônia, e Liudegast, da Dinamarca, ambos muito poderosos e gananciosos, ameaçaram invadir o burgo dos três reis para se apoderarem das abundantes riquezas do povoado. E Siegfried foi o principal herói da disputa, arriscando corajosamente a própria vida e combatendo destemidamente até a vitória, como se defendesse seu próprio reino.

Foi só então que o rei Günther – muito tempo depois da chegada do príncipe a Worms – aceitou apresentá-lo à graciosa irmã. E isso aconteceu na grande festa oferecida para comemorar a derrota dos invasores, com toda a corte reunida nos luxuosos salões do castelo real.

Como raramente acontece, a realidade superou o sonho: quando Siegfried encontrou Kriemhild pela primeira vez, viu que toda a sua tormentosa jornada pelo Reno, todos os torneios e até mesmo a guerra valeram muito a pena. Porque ela era a criatura mais sublime e fascinante que ele jamais conhecera. Tonto de emoção, tomou entre as suas as delicadas mãos da donzela e as beijou com grande fervor, adivinhando, pelo brilho de seus olhos verdes, que era incondicionalmente correspondido em sua arrebatada paixão.

– Uau! – A Juliana estava encantada, meio sem fôlego. – Isso é que é amor!

"E isso é que é história bem contada", pensei, cada vez mais admirada com a capacidade do seu Hans em nos envolver naquele clima de aventura e romance, como se tudo aquilo estivesse acontecendo ali, diante de nós.

– Maneiro – arriscou o Joca, tentando fingir que não tinha gostado tanto assim.

Mas já era hora de o jardineiro se despedir, e ele se retirou à hora de sempre. Depois de um papo rápido – em que comentamos sobre a forte cerração que tinha baixado e a insistente chuva que não parava de cair havia horas –, os outros três resolveram voltar logo para o condomínio, porque "precisavam" acessar a internet. Eu, porém, fui correndo atrás do velho Hans, e por pouco consegui alcançá-lo no enevoado jardim do castelo.

– Espere um momento – pedi, ainda ofegante, e com meu guarda-chuva desastradamente se chocando com o dele (a chuva parecia cada vez pior). – Queria falar com o senhor.

– Pois não, *mein Prinzessin*.

– É que... Sabe, estou tentando decifrar aquela profecia.

– Verdade? – Ele pareceu gostar.

– E acho que hoje entendi mais um pouco dela.

Ele me olhou com um sorriso curioso. Então, tomei coragem para arriscar:

– Para mim, o "morto vitorioso" só pode ser o Siegfried. O senhor mesmo disse que ele está preso na escultura do Ernesto... que poderia muito bem ser a tal "prisão entalhada".

– Interessante. – Foi só o que respondeu.

– E a amada a quem ele vai se unir no céu... acabei de ter quase certeza de que é a Kriemhild. As valquírias vão levá-lo para encontrar com ela em Valhalla... mas só quando ele se libertar da estátua.

O jardineiro continuou sorrindo, mas não disse nada.

– Só não entendi essa coisa da "vã desforra"... nem a história do "castelo em brasa"...

E segui falando sozinha, disparando perguntas para todos os lados:

– O senhor acha possível que essa profecia se cumpra agora, tantos séculos depois? E aqui no Brasil, a milhares de quilômetros de distância de Worms? E que o tal "castelo que não viu coroas" possa ser este clube?

Um silêncio enigmático se seguiu à saraivada de interrogações.

– Mas não estamos longe de Worms – argumentou ele afinal, tranquilamente. – E quanto ao intervalo de séculos... tudo é possível em se tratando de Nostradamus.

Quando eu ia fazer mais perguntas, ele simplesmente se despediu:

– Até amanhã, *mein Prinzessin*.

E se afastou em passos lentos, até ser engolido pela neblina e pelos grossos pingos de chuva.

VIII
A Rainha da Islândia

Algumas conclusões – meio surreais, tenho que admitir – eu tinha conseguido tirar da parte da história que narrava a emocionante primeira vez em que Siegfried havia visto Kriemhild e também das coisas que o velho Hans tinha me dito antes de se afastar sob a chuva.

Estava cada vez mais convencida de que a profecia realmente se referia ao reencontro daqueles dois depois da morte, e que no momento suas almas estavam separadas porque a alma do herói permanecia presa na estátua do Ernesto. Era isso mesmo o que dava para concluir, por mais fantasioso e impossível que pudesse parecer.

Mas e o restante? Li e reli de novo a profecia, e também deu para entender que esse encontro só iria acontecer num momento certo. E que o tal momento certo seria o ano em que "o pequeno fogo" alcançasse "a ilha das seis rainhas", e em que "o mais novo descendente do Reno" regressasse "da vila que transpôs o mar". Tão complicado quanto indecifrável...

Pior ainda: para esse encontro ser possível, seria necessário que "a princesa de doce alcunha" encontrasse "o herói que fez o caminho de volta". Ou seja (como se o resto todo já não fosse suficientemente misterioso), ainda por cima apareciam dois outros personagens – que eu nem desconfiava quem seriam – nessa enorme confusão.

Pelo jeito, eu estava longe de compreender o que significavam aquelas palavras gravadas numa pedra de beira de rio. E sabia que não seria nada fácil desvendar tamanho enigma. Mas também tinha toda a certeza de que só iria sossegar quando conseguisse.

〰 〰 〰
〰 〰 〰

– Vocês se deram conta de que hoje já é a sexta noite em que a gente se reúne pra ouvir as histórias do velho Hans?

Foi o Edu que fez essa pergunta, ele mesmo parecendo surpreso com a própria constatação. A chuva tinha melhorado um pouco, o calor havia aumentado muito, e estávamos os três esperando pelo jardineiro no salão vazio, enquanto o Ernesto (ou o Siegfried) nos encarava com seus olhos impenetráveis de sempre.

– Nem acredito que estou aqui em vez de estar jogando online com a galera – confessou de repente o Joca, meio envergonhado.

–É que um bom mistério na vida real é melhor do que qualquer video game. – Eu ri.

O Joca não se conformou:

– Na vida real? Ah, Mel, não me diga que você realmente acha isso. Não tem nada de verdade nessas histórias, é tudo invenção do velho. Quer ver só? Cadê a tal pedra da profecia de Nostradamus? Por que ele não mostra essa pedra pra gente?

Eu já ia responder qualquer coisa quando ouvimos a voz mansa do jardineiro:

– Simplesmente porque ela desapareceu.

Nós quatro nos voltamos para ele, que secava os pés no tapete da entrada e fechava o guarda-chuva encharcado. Os dois garotos fizeram uma cara descrente, e acho que até a Juliana duvidou. Achei melhor mudar de assunto:

– Oi, seu Hans, ainda bem que o senhor chegou. Estou louca pra saber se o tão esperado casamento do Siegfried com a Kriemhild acabou afinal acontecendo.

– Mas ainda tem muita coisa antes disso – respondeu ele, acomodando-se na escada. – Quem quiser saber que ouça.

Mesmo depois de todo aquele ano provando sua bravura nos torneios e também na guerra contra os saxões e os dinamarqueses, nosso herói Siegfried – apesar de ter conseguido ser apresentado à eleita de seu coração – ainda não convencera o rei Günther a conceder a ele a mão da adorável Kriemhild.

"Eu também desejo desposar uma bela donzela. É a rainha Brünhild, soberana do poderoso reino da Islândia, por quem me enamorei ao ouvir falar de sua rara beleza", havia dito o rei. "Se concordares em ir comigo até lá para buscá-la, na volta poderemos fazer um casamento duplo. Então, terei prazer em ver-te casado com minha irmã."

Embora tenha ficado feliz em ouvir tal resposta, o príncipe Siegfried, que conhecia bastante a fama da rainha Brünhild, achou por bem avisar o amigo:

"Essa soberana tem uma força sobrenatural. Enquanto for uma donzela solteira, preservará esse mágico poder e por isso decidiu que só aceitará por marido o homem que puder vencê-la em uma disputa de três modalidades: lançamento de pedra, arremesso de lança e salto em distância."

"Estou disposto a tentar", garantiu o outro. "Pois é Brünhild que quero por esposa."

"Mesmo sabendo que ela aceitará por marido quem vencê-la, mas que os perdedores sempre pagam com a vida a ousadia de com ela competir?"

Era fato. Todos os nobres que a haviam enfrentado e perdido tinham sido mortos por ordem dela, e isso era parte do acordo: quem quisesse disputar sua mão, já sabia que morreria caso perdesse a contenda. Mas Günther não desistiu.

"Estou certo do que quero", decidiu. "Tu aceitas ir comigo?"

Por amor a Kriemhild, a quem desejava ardentemente se unir, nosso herói concordou. Assim, a viagem foi preparada com grande esmero, e, quando um sólido barco cuidadosamente construído já os esperava à margem do Reno para levá-los rio abaixo até o mar, Siegfried foi se despedir de sua amada.

"Temo pelos grandes perigos que possas enfrentar e também por meu estimado irmão", queixou-se a doce princesa. "A jornada é longa e difícil, e o reino da Islândia conta com guerreiros valentes, que não hesitam em matar por qualquer coisa. E se Günther perder o torneio?"

"Não te preocupes, adorada criança. Tenho como ajudá-lo, e estarei com ele."

"Mas... e se tu fores ferido ou morto?", ela indagou, amedrontada.

Para tranquilizá-la, então, o príncipe de Xanten contou à princesa de Worms os segredos que tão bem guardava. Falou do tesouro dos nibelungos – que agora era dele e que pretendia dar-lhe como dote de casamento –, da capa da invisibilidade, que poderia ajudar na disputa entre Günther e Brünhild, e da invulnerabilidade de sua pele, causada pelo banho no sangue do dragão. Não esqueceu nem mesmo do detalhe da folha de tília – que, grudada em suas costas, havia deixado um ponto vulnerável entre seus ombros.

– Que vacilo! – exclamou o Edu nessa hora, caindo na risada. – O sujeito foi contar esse segredo justo para uma mulher? Está na cara que ela não vai segurar a língua!

O Joca riu junto, mas o seu Hans não pareceu ter achado engraçado. Olhou meio enviesado para os dois e foi adiante:

Após aquela dolorosa despedida, Günther e Siegfried finalmente partiram. E, depois de doze dias de ventos favoráveis, aportaram na terra dos vulcões, onde logo se dirigiram à imponente fortaleza de

Isenstein – com suas oitenta e seis torres, três grandes castelos e um belíssimo salão de mármore verde.

Lá foram devidamente recepcionados pela rainha Brünhild e seu séquito. Ao ver os recém-chegados, um dos cavaleiros que a acompanhava declarou julgar ter reconhecido, entre eles, o príncipe de Xanten. Isso entusiasmou a donzela, que já ouvira muito falar dos feitos do herói das terras baixas, a quem adoraria poder enfrentar nos torneios, para quem sabe desposá-lo caso ele vencesse.

Mas, para sua grande decepção, Siegfried se apresentou a ela como simples vassalo de Günther, negando que fosse um nobre herdeiro. O irmão de Kriemhild então confirmou sua intenção de cortejar a indômita rainha de cabelos negros, que lembrou a ele as regras do jogo: caso não ganhasse, acabaria morto.

Com tudo acertado, na véspera da competição Siegfried chamou Günther e – temendo que o amigo perdesse as disputas e também a vida – prontificou-se a ajudá-lo, para isso usando a capa da invisibilidade que conquistara do anão Alberich. Assim foi feito: armada como se fosse lutar contra mil rivais, a exuberante Brünhild, cuja força era realmente sobre-humana, propôs que iniciassem com o arremesso de lança, para em seguida disputarem o lançamento de pedra e o salto em distância. E, coberto pela fabulosa capa (que além de tudo lhe dava o vigor de doze homens), o invisível príncipe de Xanten atuou decisivamente naquela difícil contenda.

Sem que a impetuosa donzela percebesse que se tratava dele e não de Günther, nosso herói jogou a lança ainda mais longe do que ela, arremessou a pedra a uma distância ainda maior do que ela própria havia conseguido e carregou o amigo num salto ainda mais vigoroso do que aquele que ela dera. Tudo graças à capa arrebatada de Alberich, que – como bem sabemos – o tornava imperceptível e muito mais forte do que sempre fora.

Desse modo, impressionada com o que ela pensava terem sido façanhas do rei de Worms, Brünhild teve que ceder: mesmo a contragosto, viu-se obrigada a dar a ele a soberania sobre seu país, além de ter que aceitar acompanhá-lo ao reino dos burgúndios, onde finalmente se casariam.

Então fizeram de volta a longa e cansativa viagem. Primeiro pelo mar e depois rio acima, mas o sacrifício valeu a pena, porque a recepção no país de Günther foi primorosa. O jovem casal de noivos, acompanhado do suposto vassalo Siegfried, foi festivamente recebido pelos reis Gernot e Giselher, pela altiva rainha Uote e pela belíssima Kriemhild, além de todo o povo do burgo, que comemorava as próximas núpcias de seu adorado soberano.

"Sejas bem-vinda a estas terras", educadamente a princesa de Worms cumprimentou a futura cunhada, "em meu nome, no nome de minha mãe, e de todos os nossos leais súditos."

E as duas se beijaram como grandes amigas.

Notei que o jardineiro estava ficando com sono. Ele bocejou umas duas ou três vezes e resolveu parar por aí.

– E o casamento, seu Hans? – reclamei.

– O casamento pode esperar até amanhã – brincou ele, se espreguiçando. – Essa viagem até a Islândia me deixou muito cansado.

IX
As Bodas Reais

Um grande banquete real em meio a vários dias de festejos populares marcou o casamento de Günther e Brünhild. O povo burgúndio vivia dias de grande júbilo com o retorno de seu soberano, são e salvo, das longínquas terras islandesas.

Uma enorme mesa lotada das mais finas iguarias e das melhores bebidas foi preparada, e convidados estrangeiros de alta nobreza chegaram a Worms, acompanhados de suas intermináveis comitivas, para comemorar o grandioso acontecimento.

À mesa de núpcias, Günther se sentou no lugar principal, tendo à sua direita a vistosa donzela Brünhild, que naquele momento também estava sendo coroada rainha dos burgúndios. Ela fazia magnífica figura e era admirada por todos os presentes. Foi quando Siegfried e Kriemhild adentraram o salão do castelo, sendo recebidos com grande deferência pelo rei, que os acomodou lado a lado em lugares de honra, diante dos próprios noivos.

Kriemhild estava ainda mais deslumbrante do que a cunhada; trajava vestes suntuosamente bordadas a ouro e prata e tinha nos cabelos louros uma maravilhosa tiara de faiscantes pedras preciosas – a rainha Uote havia encomendado os mais luxuosos trajes de casamento para sua filha querida. E Siegfried – também elegantíssimo – não cabia em si de tanta felicidade.

E foi aí que Brünhild, já usando a coroa de rainha de Worms, estranhou.

"Como é possível dares tua irmã em casamento a um simples vassalo?", perguntou ao marido quando foi informada de que os recém--chegados também se casariam na mesma festa. "Como podes celebrar nossas bodas com as de um súdito qualquer?"

Ela estava realmente indignada.

"Isso é a desonra das desonras", protestou, e o rei se viu obrigado a dar alguma explicação.

"Posso assegurar-te que Kriemhild está muito bem entregue a Siegfried, e que será muito feliz. Ele possui vastas terras e inúmeros burgos, porém mais do que isso não te direi."

A soberba rainha não se contentou com a resposta, mas teve que esperar a dupla festa de casamento terminar para acertar as contas com o marido. Assim, depois de muita música, dança e homenagens, ambos os casais recém-casados se recolheram a seus aposentos, cada um em uma ala do imenso castelo. E Siegfried e Kriemhild tiveram uma linda noite de núpcias, cheia de carinho e juras de amor, mas o mesmo não aconteceu com Günther e Brünhild.

– E por que não? – interessou-se a Juliana. – O Günther não era apaixonado por ela?

O velho Hans tinha retomado a história depois de ter entrado no salão do Ernesto trazendo um ramo de hortênsias para mim e outro para a Ju. E já havia chegado dizendo que eram flores especiais para o casamento dos corajosos heróis com as encantadoras donzelas.

– É que a rainha ficou furiosa – explicou. – Ela não estava

acostumada a ser contrariada e resolveu puni-lo pelo que considerava uma afronta. E para isso usou toda a sua indescritível força.

– Mas ela não perderia essa força se se casasse?

– Sim, mas só depois que entregasse seu cinto de ouro e seu anel de ágata para o marido, o que deveria acontecer na noite do casamento. Só que ela se recusou.

– E aí? – quis saber o Joca, parecendo meio decepcionado. – Quer dizer que ela mandava no rei?

O jardineiro continuou, com um ar divertido:

"Exijo saber toda a verdade sobre Siegfried agora!", gritou Brünhild, possessa. "Não te darei meu cinto e meu anel enquanto isso não acontecer!"

Foi então que Günther perdeu a paciência. Ele amava muito a mulher, mas não podia deixar que o desrespeitassem daquela forma. Então tentou imobilizá-la para arrancar à força o cinto e o anel que ela lhe recusava. O que foi muito, muito pior, porque a rainha continuava bem mais forte que ele.

– Não me diga que, ainda por cima, o rei apanhou dela... – A decepção do João Carlos agora era óbvia.

– Infelizmente sim. – O velho sorriu. – A poderosa donzela ainda amarrou os pés e as mãos do pobre Günther e o pendurou num gancho da parede do quarto, deixando-o lá por toda aquela noite.

A Ju e eu caímos na risada. Ao que o Joca resmungou:

– Não vejo graça nenhuma...

No dia seguinte Günther se queixou amargamente a seu amigo Siegfried, relatando as horríveis humilhações que havia sofrido. E nosso herói prometeu ajudar o cunhado novamente, como fizera na Islândia, usando a capa da invisibilidade outra vez. Assim, combinaram que o príncipe de Xanten entraria invisível na alcova do casal real e submeteria a indomável Brünhild, fazendo-a acreditar que havia sido o próprio marido.

E de novo o estratagema deu certo. Sem perceber que não era de fato Günther que lutava com ela, a geniosa rainha – depois de uma batalha feroz, em que empregou todas as suas forças para vencer o oponente – acabou afinal vencida. Seu cinto de ouro e seu anel de ágata foram arrancados por Siegfried, que os levou sob a capa quando saiu do quarto, deixando Günther saboreando a vitória, e a derrotada mulher, agora, sem mais nenhum poder mágico.

– Com capa da invisibilidade é fácil – desdenhei. – Queria ver ganharem dela sem truques!

– Também acho, *mein Prinzessin* – concordou o seu Hans –, mas foi exatamente assim que o Espírito do Reno contou a meu avô Theodor.

O Edu, que andava meio calado, resolveu se manifestar:

– Quer dizer que a rainha acabou não sabendo quem realmente era o Siegfried? Ela continuou imaginando que ele fosse só um vassalo do marido?

– Isso mesmo, Eduardo. E é claro que, orgulhosa como era, nunca se conformou com o fato de Günther continuar tratando o outro com honras devidas somente a um nobre de alta estirpe. Bom, mas a vida continuou...

Após vencer a rebelde islandesa, Siegfried procurou Kriemhild e contou-lhe tudo o que acontecera, inclusive dando a ela, de presente, o cinto e o anel que arrebatara de Brünhild.

Não muitos dias se passaram até que nosso herói resolvesse voltar a seu burgo natal, acompanhado por sua adorável esposa. E a viagem teria transcorrido sem maiores incidentes se não fosse por um desagradável fato, que aborreceu Siegfried enormemente: sua preciosa capa da invisibilidade, conquistada do rei dos nibelungos, foi um dia levada pelo vento durante uma tempestade, alçando voo em meio à chuva e desaparecendo para sempre sob as águas geladas do Baixo Reno.

Mas a chegada a Xanten compensou todos os dissabores. Lá, os reis Siegmund e Sieglind acolheram o jovem casal e sua comitiva com grande júbilo. Afinal, o herdeiro retornava ao lar depois de tanto tempo de ausência, e agora disposto a assumir o trono do pai. Muito feliz, o rei Siegmund entregou ao bravo filho sua coroa e seu reino, fazendo-o senhor de todas as suas valiosas propriedades. Kriemhild foi então coroada rainha de Xanten, e Siegfried se tornou um soberano justo, corajoso e admirado por todos os seus súditos.

Para completar tamanha ventura, após algum tempo a nova rainha deu à luz um filho, a quem os pais resolveram dar o nome de Günther, em homenagem ao irmão e cunhado que ficara em terras distantes.

– Então tudo acabou bem... – suspirou a Juliana, descendo uns degraus da escadaria. – Adoro finais felizes!

– Temo que não, *mein Lieber* – respondeu o jardineiro, meio soturno.

Brünhild continuava inconformada e queria que o marido exigisse que Siegfried lhe prestasse vassalagem. Assim, usando como desculpa uma grande festa que daria em Worms, enviou um mensageiro para convidar o casal de Xanten a vir ter com eles para essa ocasião, sem desconfiar que na verdade convidava os reis daquele burgo. Saudosa da mãe e dos irmãos, Kriemhild se entusiasmou com a viagem, e Siegfried – enviando ricos presentes através do mensageiro – aceitou o convite com grande alegria. Mas esse foi o pior dos erros que eles já poderiam ter cometido.

Senti um arrepio de leve. Sabia que o velho Hans iria parar justamente nesse ponto da história. Afinal, já era tarde, e ele adorava um suspense. Exatamente como imaginei, tivemos que ir para casa, naquela noite, sem saber por que ter aceitado o tal convite havia sido um erro assim tão terrível.

X
A Disputa das Rainhas

Mas (ainda bem!) o dia seguinte passou depressa. E – tenho que admitir – tudo por causa da internet. Claro que a Ju, o Edu e o Joca, como já era de esperar, ficaram o dia inteiro plugados na rede, fazendo o que sempre faziam, só parando bem pertinho da hora de encontrar com o seu Hans. O espantoso, mesmo, é que até eu fiquei toda a manhã e toda a tarde daquele dia conectada na web, a essa altura já nem lembrando mais da existência do Pedro. Isso porque eu continuava cismada que acabaria entendendo a tal profecia da pedra do Reno e por isso eu não parava de pesquisar.

Sem saber muito por onde começar, simplesmente fiz uma busca por "Nostradamus". Eu imaginava que, conhecendo melhor a época dele, talvez pudesse fazer uma ligação entre fatos desses tempos tão antigos e aquela profecia que me intrigava tanto. E descobri o seguinte:

Michel de Nostredame (14 de dezembro ou 21 de dezembro de 1503 – 2 de julho de 1566), também conhecido como Nostradamus, foi um alquimista francês e vidente de renome que publicou coleções de presságios que, desde então, se tornaram famosos no mundo inteiro. Sua obra mais célebre, *As profecias de Nostradamus*, é composta de versos agrupados em quatro linhas (quadras), organizados em blocos de cem (centúrias). Muitas pessoas acreditam que esses versos contêm previsões codificadas do futuro.

Não era muito mais do que eu já não soubesse, mas ajudou bastante poder localizar o exato período em que Nostradamus viveu. Ter confirmado que o vidente com nome latino na verdade era francês também foi bastante útil. Porque então passei a estudar a história da Europa naquela época, prestando atenção aos fatos que aconteceram e às pessoas em evidência, principalmente nos países próximos à França.

Passei o dia todo nisso, pesquisando na internet, e no final já estava cansada de atirar para todos os lados e não acertar em nada. Já se aproximava a hora de descer até o clube para ouvir a continuação da saga de Siegfried e Kriemhild, e é óbvio que eu não iria querer me atrasar. Mas foi aí que a luz se fez, através de uma informação com que de repente me deparei.

Henrique VIII (28 de junho de 1491 – 28 de janeiro 1547) foi o rei da Inglaterra de 1509 até sua morte. Ele é mais conhecido por ter rompido com o papa e a Igreja Católica Romana e por ter se casado sucessivamente com seis mulheres.

Seria mesmo o que eu estava pensando? Estaria eu, uma garota comum do século XXI, perto de decifrar o terceiro verso da primeira quadra da profecia perdida de Nostradamus? "Num ano em que o pequeno fogo alcançar a ilha das seis rainhas" – está certo que eu ainda não tinha entendido que "pequeno fogo" era aquele, mas "ilha das seis rainhas"... não poderia ser a Inglaterra? Claro, porque a Inglaterra era uma ilha e, nos tempos de Nostradamus e do próprio Henrique VIII (pelo menos que eu soubesse), foi o único país ocidental cujo rei teve seis esposas!

Fiquei feliz demais com aquelas conclusões, que faziam bastante sentido. Ainda faltava um longo caminho, mas tudo indicava que eu estava conseguindo juntar as peças do quebra-cabeça e chegar cada vez mais perto de decifrar aquele enigma.

Desci para o clube cantarolando, mal podendo esperar para saber o que iria acontecer em Worms.

$$\sim\sim\sim\sim\sim\sim$$

Assim que o nobre casal chegou à terra dos burgúndios – onde foi recepcionado com toda a pompa pela família de Kriemhild, incluindo os três reis seus irmãos –, Brünhild começou a buscar uma chance de ter com a cunhada uma conversa "de mulher para mulher".

E foi enquanto assistiam a justas entre cavaleiros, no pátio do castelo real, que as duas nobres damas começaram a se estranhar. Ao ver que Siegfried saía vencedor de todas as contendas do torneio, e que Günther não conseguia vencê-lo em nenhuma, a islandesa deixou que a inveja que sentia de Kriemhild tomasse conta de sua alma. Ainda mais depois do que disse a outra:

"Alegro-me em ver que meu esposo se destaca entre todos os cavaleiros, como a lua diante das estrelas. Não há ninguém mais belo e poderoso que ele!"

Brünhild não se aguentou:

"Como é possível, se é apenas um vassalo do meu marido? Ouvi o próprio Siegfried dizer, lá na Islândia, que era vassalo de Günther. E, sendo assim, é meu vassalo também."

"Não digas tolices!", revoltou-se a formosa rainha de Xanten. "Achas mesmo que meus irmãos me dariam em casamento a alguém que fosse menos que um príncipe?"

A discussão foi piorando.

"Tu te consideras muito superior, mas não és nada", rugiu a islandesa, com as faces vermelhas de raiva. "Queria ver se te honram tanto quanto o fazem comigo."

As duas estavam quase indo às vias de fato.

"Pois aceito o desafio", respondeu Kriemhild, irritadíssima. "Verás como entro à tua frente amanhã na catedral. E como todos me reverenciarão."

Um ódio profundo tomou conta das duas rainhas. Naquele momento foi Brünhild que, entre dentes, acabou dizendo a última palavra:

"É o que veremos!"

E, ante tamanha ofensa, chamou seu séquito de elegantes donzelas para todas se retirarem. Foi assim que aquelas duas se tornaram inimigas mortais.

O Joca e o Edu estavam com uma cara atônita.

– Que mulheres mais geniosas... – resmungou o João Carlos. – Brigar por uma besteira dessas...

– Para elas não era besteira – expliquei. – Naquela época tinha muito esse negócio de honra, de disputar quem era superior...

– Isso mesmo, *mein Prinzessin*. Pena que dessa vez tenha sido o começo do fim.

Até o Ernesto/Siegfried parecia abalado com a cena. Tive a impressão de que ele piscou nervosamente, mas com certeza foi só impressão. O velho Hans prosseguiu:

No dia seguinte – em que um ofício religioso seria celebrado em comemoração à visita dos recém-chegados de Xanten –, Brünhild já estava em frente à catedral de Worms, luxuosamente vestida e acompanhada de trinta de suas mais finas damas de honra, quando Kriemhild chegou, trajada em roupas ainda mais magníficas e escoltada por cinquenta esplêndidas donzelas, de sangue nobre e grande importância na corte do Baixo Reno. Todos se voltaram, admirando a fartura de beleza e encantamento que desfilava pelas escadarias do templo, até que ambos os cortejos chegaram ao mesmo tempo diante da porta de entrada.

"Uma vassala não pode entrar antes da rainha!", advertiu a islandesa, espumando de raiva. "Sou esposa do imbatível rei Günther, que provou sua insuperável força ao me vencer por duas vezes!"

Mas Kriemhild não se abalou:

"Pensas mesmo que foi Günther que te venceu em Isenstein? Ou que te dominou na noite seguinte à do casamento?", reagiu ela, sorrindo com ironia. "Pois foi o meu adorado Siegfried, que, se não sabes ainda, é o poderoso soberano de Xanten e, que nunca foi nem nunca será vassalo de ninguém!"

Brünhild soltou uma gargalhada estrepitosa e fez menção de entrar na catedral. Mas a outra barrou seus passos.

"Queres uma prova?", desafiou, mostrando a mão direita ornada de joias, onde reluzia um imenso anel de ágata. "Eis o anel que te foi arrebatado por meu esposo!"

"Ah, foste tu que o roubaste?", surpreendeu-se a islandesa, totalmente descrente do que a rival dizia. "Bem que dei por falta dele, pensando que o havia perdido!"

"Dizes que sou ladra? E não acreditas ainda? Pois então veja isto!"

E Kriemhild abriu a esplendorosa capa rebordada, exibindo a delgada cintura. Sob o belíssimo vestido de seda salpicado de pedrarias, o cinto de ouro brilhava intensamente, o que acabou de enfurecer a já enfurecida rainha de Worms.

"Chamai Günther!", ordenou Brünhild, aos berros e em lágrimas, para seus atordoados vassalos. "Ele não há de consentir tamanha afronta!"

Mas não houve tempo para isso. A soberana de Xanten, num gesto de altivez e desafio, transpôs o portal da catedral antes que a rival pudesse impedi-la. Ela havia feito o que prometera: entrara no templo antes da outra, de peito estufado e cabeça erguida, impondo imperdoável humilhação à orgulhosa cunhada.

– Agora ficou complicado mesmo – opinou o Eduardo. – O Siegfried e o Günther eram tão amigos... como será que eles saíram dessa?

– Pois não é, *mein Junge*? Como eu já disse, são as mulheres que movem o mundo. Nós, homens, apenas vamos atrás...

– E foi isso que aconteceu, seu Hans? Os maridos concordaram com as esposas?

– Isso mesmo, *mein Prinzessin*, embora o Siegfried tenha chamado a atenção de Kriemhild por ficar batendo boca daquele jeito irresponsável, sem pensar nas consequências dessas disputas tolas. Mas teve mais gente que se meteu.

– Os outros irmãos? – perguntou a Ju. – Ou teria sido a rainha Uote?

– Nenhum desses – revelou o jardineiro. – Foi um personagem que sempre esteve lá, mas que só agora tem importância na história.

E, abraçando a estátua do Ernesto como se quisesse consolá-lo, completou:

– Um nobre chamado Hagen de Tronje, parente e fiel vassalo do rei Günther. Mas amanhã conto mais sobre esse cruel e ambicioso guerreiro.

XI
A Traição

Tocha dos Jogos Olímpicos de Londres será conduzida por inglês que amparou filho

Famoso por ter ajudado seu filho, o corredor britânico Derek Redmond, a cruzar a linha de chegada dos 400 metros rasos na Olimpíada de Barcelona em 1992, após o atleta ter lesionado a coxa durante a prova, o inglês Jim Redmond acaba de ser um dos escolhidos para carregar a tocha olímpica dos Jogos de Londres, que acontecerão em julho deste ano.

Considerado um dos momentos mais emocionantes da história dos Jogos Olímpicos, na ocasião o pai do atleta passou pela segurança do estádio e invadiu a pista de atletismo para ajudá-lo nos metros finais, já que Derek queria completar a prova mesmo chorando de dor. Oficialmente, o corredor foi desclassificado, já que recebeu ajuda externa para cruzar a linha de chegada.

Minha mãe havia deixado o jornal dobrado em cima da mesa da sala, e essa nota na primeira página, com a foto de um homem amparando seu filho atleta que tinha o rosto contorcido de dor, imediatamente chamou minha atenção. Talvez por ter achado a história bacana, ou talvez por ser uma notícia sobre a Inglaterra, país que andava no meu pensamento como sendo a tal "ilha das seis rainhas" de que falava a profecia perdida de Nostradamus.

Mas nem pude ler outros detalhes, porque já começara a escurecer, e eu precisava descer para o clube a fim de saber mais sobre um certo Hagen de Tronje – que eu desconfiava seriamente que boa coisa não devia ser.

Todos no reino dos burgúndios, e principalmente os súditos mais próximos de Günther, haviam ficado bastante chocados com a briga pública entre as duas mulheres. Brünhild não se conformava por ter sido tão desacatada pela rival e começou a exigir que o esposo fizesse alguma coisa para punir a irmã. Além disso, estava tremendamente revoltada por ter sido enganada pelo marido de Kriemhild, que para ela havia se declarado um simples vassalo do rei de Worms, quando na verdade era o poderoso príncipe de Xanten. Porém, mais do que tudo, sua raiva se devia ao fato de ter sido iludida daquela maneira durante as supostas lutas com Günther, e de seu cinto e seu anel terem ido parar nas mãos da outra. E foi aí que o ardiloso Hagen de Tronje a procurou.

"Imagino vossa comoção, minha senhora", disse ele, curvando-se humildemente, para em seguida jurar: "Prometo vingar-vos de forma exemplar. Esse rei Siegfried deve pagar com a vida o grande insulto que ousou fazer-vos."

Diante da imediata e entusiasmada anuência da rainha a essas ideias radicais, Hagen foi expor aos três reis suas malévolas intenções. Gernot e Giselher não concordaram, mas Günther – que já não suportava mais as insistentes cobranças da mulher para que revidasse as ofensas que sofrera – ficou realmente balançado. Ainda mais depois dos outros argumentos alegados pelo guerreiro:

"Se Siegfried for morto, além de vingarmos a rainha, o reino de Worms se tornará ainda mais rico e poderoso. Porque, com vossa irmã viúva e vosso sobrinho ainda criança, todas as terras e riquezas de Xanten, sem esquecer o imenso tesouro dos nibelungos, poderão ser reclamados por vós."

O rei hesitou.

"Mas não posso fazer tal coisa, caro Hagen. O nobre Siegfried sempre me foi muito fiel. E ele é tão forte e tão poderoso que nos seria impossível derrotá-lo."

"Deixai comigo, meu senhor. Já tenho um plano perfeito. Simularemos ter recebido uma nova ameaça de invasão pelos reis Liudeger e Liudegast. Vós preparareis vossos escudeiros como se fôsseis para a guerra, e o rei Siegfried certamente se disporá a acompanhar-vos. Nesse momento, usando de boas artimanhas, descobrirei o segredo de sua imensa força através da senhora Kriemhild."

A princípio, Günther continuou recusando. Mas, depois de grande insistência por parte de Hagen e Brünhild, que não o deixavam em paz um minuto, meio a contragosto acabou cedendo. E logo o traiçoeiro plano começou a ser posto em prática.

Assim, com a desculpa de que seriam invadidos pelas tropas da Saxônia e da Dinamarca – que já haviam sido rapidamente derrotadas por Siegfried antes –, o rei de Worms reuniu um enorme exército de guerreiros e anunciou a partida para o campo de batalha para o dia seguinte. Como todos já imaginavam, o valente rei de Xanten prontamente se propôs a ir com ele, para de novo derrotar Liudeger e Liudegast e ajudar a defender as terras dos burgúndios daquela nova e ignominiosa invasão.

A Juliana ficou injuriada:

– Como o tal de Günther pôde ter coragem? Enganar um amigo desse jeito horrível...

– É mesmo – brincou o Joca. – Mas quem aguenta uma mulher o tempo todo buzinando no ouvido?

A gargalhada do Edu ecoou pelo salão vazio. Mas o velho Hans não se deteve:

Assim que soube que seu adorado esposo se engajaria em outra guerra, a rainha de Xanten procurou o irmão e seu cada vez mais inseparável vassalo Hagen, para dizer que muito se arrependia de ter se desentendido com a cunhada. Disse também temer que seu marido, por sua desmesurada audácia e desmedida coragem, pudesse sair ferido da batalha. E pediu que os dois olhassem por ele.

Mais tarde, a sós com Kriemhild, Hagen deu continuidade a seu macabro intento:

"Senhora, se tendes algum temor de que vosso destemido esposo possa ser atingido por alguma arma, por favor dizei-me de que modo evitar isso, para que eu possa protegê-lo eficazmente."

Vendo que ela vacilava um pouco, com voz embargada garantiu:

"Somos do mesmo sangue, minha rainha. Podeis confiar a vida de vosso amado Siegfried a este vosso servo, que prefere morrer a decepcionar-vos."

Acreditando na sinceridade que imaginava ver nos olhos falsamente lacrimejantes do vassalo e sabendo que realmente eram parentes, Kriemhild achou por bem contar-lhe o episódio do banho no sangue do dragão, confidenciando-lhe a história da invulnerabilidade do marido.

"Temo apenas por uma pequena área em suas costas, entre os ombros, onde uma folha de tília ficou grudada enquanto ele se banhava, impedindo essa parte de se tornar invulnerável como o resto do corpo", finalmente ela revelou, mostrando-se aflita e suplicante.

"Não deveis vos preocupar, nobre dama, pois tenho a solução para vosso problema. Dai um jeito de costurar na roupa dele um sinal que mostre precisamente o lugar vulnerável, para que eu possa zelar para que ali ele não seja ferido."

E assim foi feito. Com um rico fio de seda prateado, a formosa Kriemhild caprichosamente bordou, na capa do marido, uma pequena cruz quase imperceptível para olhos desatentos, mas que mostrava com clareza ao demoníaco Hagen o ponto exato que ele precisava conhecer.

Já de posse da informação que tanto queria, o vassalo seguiu com seus planos atrozes. Então sugeriu ao rei Günther que anunciasse ao burgo inteiro que os reis da Saxônia e da Dinamarca haviam desistido da invasão. E que, sendo assim, não haveria mais guerra.

"Estou tão feliz com tal auspiciosa notícia", declarou também o rei burgúndio, ainda sob a orientação de Hagen, "que promoverei um grande evento de caça na floresta de Vosgues. E todos os meus guerreiros estão convidados!"

O jardineiro parou um pouco e respirou fundo, como sempre fazia quando era hora de terminar. E o Eduardo atropelou:

– Não falei que ela não ia segurar a língua? Agora é que o cara está todo enrolado!

Cheguei em casa e encontrei meus pais sentados na sala, assistindo ao telejornal da noite. Como sempre acontecia quando voltava dos encontros com o velho Hans, eu estava meio aérea, só pensando nos últimos acontecimentos do reino de Worms.

– Oi, Mel – cumprimentou meu pai, me jogando um beijo. – Você esqueceu de novo seu celular em cima da mesa.

Era verdade. Com tanta coisa me ocupando a cabeça, eu andava mais distraída do que nunca. Mas a voz do apresentador da TV de repente me despertou:

A chegada da tocha olímpica à Inglaterra – cuja capital, Londres, sediará as Olimpíadas deste ano de 2012 – está prevista para o próximo mês de maio. O símbolo do maior evento esportivo do planeta será entregue pelos gregos em uma cerimônia no Estádio Panathinaiko, que sediou os primeiros jogos da era moderna em 1896. O fogo olímpico deverá passar pelas mãos de aproximadamente 8 mil pessoas durante os 70 dias anteriores ao evento, que começa em 27 de julho.

"Que coisa", pensei, exagerando um pouco, ainda faltam seis meses para as Olimpíadas e só se fala nesse assunto!

Então olhei para a tela e vi a imagem da moderna tocha dourada, de formato triangular e cravada de buracos redondos, que – segundo o jornalista explicou em seguida – representavam as pessoas encarregadas de seu revezamento ao longo dos 12 mil quilômetros que ela iria percorrer.

Mas o mais interessante era a chama que tremulava na ponta da tocha. Não que fosse algo inusitado uma tocha olímpica ter um fogo na ponta, muito pelo contrário, ou que aquele fogo específico fosse diferente de um fogo qualquer. O interessante daquela pequena chama é que ela me fez ter uma súbita epifania:

"Num ano em que o pequeno fogo alcançar a ilha das seis rainhas"!

Corri até o computador e acessei a internet. Sabia que tinha havido mais de uma Olimpíada em Londres, e de fato pude conferir que haviam sido duas: 1908 e 1948. Mas o vaticínio certamente não se cumprira em nenhum desses dois anos, até porque – pelo menos segundo o velho Hans – o espírito do Siegfried ainda estava preso à estátua do Ernesto.

Isso! Só podia ser isso! Eu tinha desvendado mais uma parte da profecia perdida de Nostradamus! Esse ponto, para mim – embora incrível –, estava quase claro:

"O morto vitorioso se unirá para sempre à bela amada da vã desforra

Levado pelas valquírias por uma das portas do Valhalla

Num ano em que o pequeno fogo alcançar a ilha das seis rainhas

E em que o mais novo descendente do Reno regressar da vila que transpôs o mar"

Em outras palavras, o rei de Xanten iria ser levado até o céu para se encontrar com sua "bela amada" – provavelmente a rainha Kriemhild –, num ano em que a tocha olímpica – "pequeno fogo" – chegasse à Inglaterra. Ou seja (e eu mal podia acreditar!), já que isso não havia acontecido em 1908 ou em 1948... possivelmente aconteceria agora, em 2012!

Empolgada com a descoberta, nem consegui pregar o olho aquela noite. Afinal, para decifrar completamente a primeira quadra daquele enigma, agora só faltava desvendar quem seria "o mais novo descendente do Reno" e qual poderia ser "a vila que transpôs o mar". Ah, sim, e a "vã desforra"... só quando entendesse também "a vã desforra" poderia ter realmente certeza de que a tal "bela amada" era de fato a rainha Kriemhild.

XII
O Ocaso do Herói

Desci para o clube mais cedo que de costume, cerca de uma hora antes do horário combinado. Queria falar com o velho Hans antes que os outros chegassem e o encontrei ocupado em aparar o gramado em frente ao castelo com um cortador elétrico meio detonado. O calor estava forte, e ele suava em bicas.

– Olá, *mein Prinzessin* – cumprimentou, desligando a máquina por uns instantes e enxugando a testa com um lenço. – Chegou antes da hora, hoje. Veio dar um mergulho para se refrescar um pouco?

– Na verdade, não... O que eu quero, mesmo, é falar sobre a profecia de Nostradamus. Andei esclarecendo mais uns pontos e preciso que me diga o que acha.

O jardineiro me olhou interrogativamente, e então contei a ele tudo o que concluíra na noite anterior.

– O que deu para ficar bem claro é que a profecia deve se cumprir ainda este ano – declarei, me achando o máximo.

O velho apenas sorriu.

– Mas ainda falta "o mais novo descendente do Reno regressar da vila que transpôs o mar". O senhor tem alguma ideia de que vila pode ser essa?

Ele me respondeu com outra pergunta:

– A menina conhece a Casa do Colono?

– Casa do Colono?

– Sim, um pequeno museu interessantíssimo que fica na cidade, e que conta a história da colonização germânica na região de Petrópolis.

– Nunca estive lá...

– Pois então dê um jeito de conhecer. Lá está a chave para essa sua pergunta.

E eu já ia procurar saber mais coisas, quando o velho Hans se adiantou:

– Agora preciso terminar aqui, *mein Prinzessin* – disse ele, dando partida no barulhento cortador de grama. – Mais tarde nos encontramos, à hora de sempre.

〰 〰 〰
〰 〰 〰

A caçada festiva convocada pelo rei Günther prometia grandes emoções. Os preparativos estavam frenéticos, e batalhões de serviçais aprontavam as lautas provisões para a grande ceia que aconteceria no coração da floresta, tudo sob o comando do enérgico Hagen. Inúmeros cavalos eram carregados com pão, peixe e outras finas iguarias para acompanhar a abundante carne de caça que viria, além de tonéis de vinho da melhor qualidade, para mitigar a sede dos bravos caçadores. Os cães de caça mais bem treinados do reino dos burgúndios também já haviam sido preparados. E as dezenas de nobres convidados – acompanhados de seus muitos armeiros e escudeiros –, já estavam todos prontos para partir... quando Kriemhild implorou ao marido que ficasse.

"Por favor, não vá", rogou ela, muito chorosa. "Tive um sonho terrível, em que dois javalis te perseguiam na floresta, e de repente toda a vegetação ficou vermelha."

A rainha tinha angustiantes pressentimentos ao lembrar que havia revelado o segredo de Siegfried, mas não teve coragem de confessar a ele o que na verdade tanto a afligia. Então, diante da recusa do rei de Xanten em atendê-la, ela insistiu, com apelos ainda mais angustiados:

"Suplico-te que não me deixes, adorado esposo. Sonhei também que duas enormes montanhas desabavam sobre ti, e que eu nunca mais te veria."

Enxugando as desoladas lágrimas de Kriemhild delicadamente com a ponta dos dedos, o marido a beijou com carinho e tentou consolá-la, garantindo que em breve estariam juntos de novo. E assim partiu com os outros, acompanhado da fiel espada Balmung, ao encontro do seu destino inexorável.

A Juliana ficou preocupada:

– Não diga que o Siegfried vai mesmo morrer!

– Calma – pedi, também um pouco inquieta. – Deixe o seu Hans continuar a história.

Olhei para a estátua do Ernesto naquele exato momento e, na semiobscuridade do salão, me pareceu que seus olhos fixos tinham ficado estranhamente úmidos. Mas tirei essa ideia absurda da cabeça: é claro que só podia ser mesmo um reflexo da luz fraca na madeira brilhante da escultura.

Logo que chegaram ao local da caçada e montaram acampamento, Hagen sugeriu que se dividissem em pequenos grupos, com a desculpa de melhor cercar os animais da floresta. Convidado pelo vassalo de Günther, Siegfried aceitou, com prazer, juntar-se a ele e ao próprio rei, formando um grupo de três audazes caçadores que, com suas mortíferas lanças e espadas, com certeza iriam levar perigo a muitas presas.

Nem mesmo ferozes javalis, selvagens auroques e bisões, grandes alces e gamos enormes, além de ursos monstruosos, eram páreo para o trio de guerreiros que muito sangue de caça derramou sobre o solo da floresta de Vosgues. Mas um deles, como sempre, o tempo todo se destacou por sua inigualável força e poder. Era o nosso herói de Xanten, cuja coragem e ousadia provocavam, ao mesmo tempo, admiração e inveja nos companheiros de caçada.

E aquele dia foi bastante proveitoso. Siegfried logrou abater uma impressionante quantidade de feras, com a preciosa ajuda de sua espada Balmung, e os outros dois também não saíram de mãos vazias. Cansados pelo grande esforço, pouco antes do anoitecer amarraram os animais mortos às selas dos cavalos e decidiram voltar ao acampamento, onde um farto banquete os esperava para a merecida comemoração.

Mas os planos diabólicos de Hagen ainda não haviam chegado ao fim. Um barulho de cachoeira despertou nos homens intensa sede por água fresca. Foi quando pararam à beira de uma fonte cristalina e logo apearam dos cavalos, ávidos pelo líquido puro e claro que brotava da nascente.

Cortesmente, nosso herói esperou que o rei burgúndio se servisse à vontade, para só depois pousar seu escudo e sua espada numa pedra próxima e se inclinar, desarmado, em direção à fonte.

Era a chance que o vassalo de Günther estava esperando há horas. Enquanto Siegfried, despreocupado, bebia da água gelada do rio, Hagen de Tronje – que já havia observado bem o local da cruz de seda que Kriemhild bordara no traje do marido – correu até sua lança e, com um golpe preciso, de surpresa o atingiu nas costas, entre os ombros, exatamente no único lugar em que seu corpo era vulnerável.

O sangue começou a jorrar do coração do rei de Xanten, que se voltou estupefato e encarou os outros dois. Reunindo as últimas forças, ainda conseguiu alcançar seu escudo e arremessá-lo com violência na direção do assassino, derrubando-o no chão de maneira humilhante.

"Que covardes sois!", bradou, quase sem voz. "Então esta é a paga por minha fidelidade?"

O rei Günther repentinamente se mostrou abalado. Parecia que só naquele terrível instante ele se dava conta da injustiça ino-minável que acabara de ajudar a praticar. Debruçou-se junto ao herói agonizante, que ainda trazia a lança cravada na nobre espádua, e sussurrou sentidos lamentos.

"De que adianta lamentar-se por um crime depois de tê-lo cometido?", condenou Siegfried, sabendo perfeitamente que Hagen não agira sozinho. "Resta-me pedir-vos, ilustre soberano, que olheis por vossa irmã, minha adorada Kriemhild, e por nosso querido filho que carrega o vosso nome."

O rei de Worms assentiu com a cabeça, já que as palavras lhe fugiam.

"Que defendais o direito deles à imensa fortuna que estou deixando, aquela que conquistei dos nibelungos. E que o reino de Xanten retorne às mãos do rei Siegmund, que é a pessoa mais apropriada para conduzir seu povo."

A vegetação rasteira se tingia toda de vermelho enquanto nosso herói ia se calando para sempre. Mas, antes que ele partisse de vez, ainda houve tempo para Günther prometer:

"Será feito como estais rogando."

Naquele momento a noite caiu pesada sobre a floresta, e uma coruja orelhuda, alçando voo entre as árvores, cortou o silêncio com seu pio afiado.

Não muito longe dali, as águas do rio subitamente se tornaram revoltas, e um gigantesco turbilhão se elevou do leito encapelado, adquirindo forma e feições humanas. De sua enorme boca líquida escorreram úmidos e doloridos clamores, e dos grandes olhos aquosos foram vertidas lágrimas caudalosas. Era o pai Reno pranteando o filho heroico, cujos prodigiosos feitos para sempre seriam lembrados.

– Que drama horrível – lastimou a Ju, meio chorosa. – Esse rei Günther não valia nada mesmo!

E o Joca logo opinou:

– Isso é que dá agir pela cabeça dos outros.

Mas eu só pensava na pobre viúva.

– O que vai acontecer com a Kriemhild agora? Como ela vai poder viver sem o marido?

– Posso adiantar que ela nunca vai esquecer o que houve e que jamais vai se conformar com essa tragédia – respondeu o jardineiro, já se preparando para ir embora. – Mas isso é uma outra história, *mein Prinzessin*. E será contada a partir de amanhã, para quem continuar disposto a ouvir.

XIII
O Funeral do Rei

e ae?

vai comigo ou n vai?

Teclei eu, pelo bate-papo da web, já que essa era a melhor maneira de conseguir falar com a Juliana.

Mas até que eu não podia reclamar. Tanto ela quanto os dois garotos, é claro, ainda continuavam fanáticos pela rede e ainda viviam quase o tempo todo conectados. Porém muita coisa havia mudado. As idas ao Castelo a cada final de tarde tinham se tornado sagradas; ninguém nunca deixava de aparecer para escutar o velho jardineiro narrando aquelas histórias incríveis, com seu jeito impressionante de fazer tudo parecer real. E olha que já fazia dez dias que – chovesse ou fizesse sol – nós quatro batíamos ponto no salão do Ernesto e ali ficávamos por um bom tempo, sentados quietos nos degraus da escadaria e vigiados de perto por aquela misteriosa escultura de madeira.

n vai dar n

pq inda tenho q postar umas coisas aki

Eu tinha convidado a Ju para ir comigo até a Casa do Colono, da qual o velho Hans havia falado. Mas ela estava me fazendo implorar.

por favor, respondi

n vo demorar

tah bem, finalmente ela concordou, cheia de má vontade.

entaum vamo logo

Descemos a pé até a estrada e lá pegamos um ônibus para o bairro Castelânea, onde ficava o museu. Logo de cara o trânsito estava supercomplicado. Um pouco depois do antigo Hotel Quitandinha, uma batida entre um carro e uma moto tinha interrompido a rua e tornado tudo ainda pior. E levamos quase uma hora para percorrer os poucos quilômetros que faltavam, debaixo de um calor abafado. Quando enfim chegamos, a Juliana estava mal-humoradíssima.

— Eu sabia que não devia ter vindo — reclamou, toda suada. — Tenho um monte de coisas pra fazer na net antes do encontro com o seu Hans.

Eu me sentia um pouco culpada:

— Prometo ser rápida — tentei acalmá-la enquanto entrávamos na casinha caiada de branco, de telhado de zinco e com cortinas de renda nas janelas marrons. — Vou dar uma olhada geral e outro dia volto sem pressa, pra ver melhor o que tiver de interessante.

Fomos recebidas por uma garota simpática, encarregada de apresentar aos visitantes o pequeno museu, que era realmente uma graça. Montado com todo capricho num imóvel de 1847, exibia fotografias antigas e objetos de época em seus dois andares, que estavam decorados do jeito simples das típicas casas coloniais alemãs. Além de enormes bonecos de pano na entrada – o Fritz e a Frida, ele com um grande caneco de cerveja na mão e ela tricotando uma bandeira da Alemanha –, havia roupas e os mais variados tipos de objetos de uso doméstico e de trabalho, a maioria originais, que faziam o visitante viajar no tempo.

É claro que não pude prestar toda a atenção que eu gostaria, porque a Juliana não parava de me apressar. Na parede do corredor térreo, descobri uma planta de engenharia amarelada pelo tempo que dividia a cidade nos famosos quarteirões com nomes de burgos germânicos e consegui localizar com facilidade o quarteirão de Worms, a área da cidade onde eu já sabia que ficava nosso clube e o condomínio de casas em que passávamos as férias.

Mas não deu tempo de explorar muito mais. Tive que focar no que havia me trazido ali: a enigmática resposta do velho Hans quando perguntei se ele tinha ideia de qual poderia ser a "vila que transpôs o mar" mencionada na profecia da pedra. E me lembrava bem de que ele havia respondido algo como: "Vá conhecer a Casa do Colono. Lá está a chave para essa sua pergunta."

Então atravessei o corredor às pressas, olhando tudo superficialmente, até entrar na cozinha de piso de pedra, localizada nos fundos da construção e bem iluminada por amplas janelas também com cortinas rendadas. E nada, até ali, me chamara a atenção de modo especial. Foi quando dei de cara com uma coisa que me fez parar de repente, apesar das insistentes cutucadas da Juliana para que eu andasse logo. Era uma espécie de grande flâmula pendurada na parede, de fundo amarelo, com um escudo vermelho de borda preta, encimado por uma coroa de cinco pontas. Mas não foi nada disso que me impressionou. O que realmente me fez parar ali, de boca aberta, foi o desenho que dominava o escudo: a figura de uma grande chave antiga!

– Esse é o brasão do burgo de Worms – explicou a funcionária do museu, ao ver que eu estava tão interessada.

Sério mesmo?, me perguntei. Não seria coincidência demais? Entre tantos brasões de tantas localidades que podiam estar expostos ali... o único era justamente o de Worms, o lar dos antigos burgúndios? E com aquele destaque todo? Agora eu entendia o jardineiro; essa era realmente a chave para aquela minha pergunta... então a "vila que transpôs o mar" nada mais era que a cidade de Worms, que da Alemanha tinha ido até Petrópolis – e que portanto havia "transposto o mar". Então era de lá que "o mais novo descendente do Reno" iria regressar?

Confesso que fiquei um pouco atordoada. Afinal, não era todo dia que alguém desvendava mais um pedaço tão importante de uma profecia de Nostradamus. A emoção era tanta que tive uma súbita sensação de ser atentamente observada pelas costas. Eu me virei depressa, mas não vi ninguém. Atrás de mim havia apenas uma janela aberta para a lateral da casa, cujas cortinas esvoaçavam supostamente ao sabor do vento... muito embora o calor estivesse sufocante, e o ar, completamente estagnado.

〰 〰 〰
〰 〰 〰

Naquela tarde, mais uma vez procurei descer antes dos outros três, a fim de poder comentar sem pressa com o jardineiro a respeito das minhas mais recentes descobertas ligadas à profecia. Queria contar sobre a visita à Casa do Colono, sobre a planta dos quarteirões da cidade, sobre o brasão de Worms...

Mas o velho Hans chegou meio atrasado, e a Ju, o Joca e o Edu apareceram uns poucos minutos depois dele. Assim, não pude falar muita coisa e apenas consegui perguntar:

– Se o senhor sabia qual era "a vila que transpôs o mar" e por isso me mandou procurar a chave no museu... é porque já decifrou a profecia, não é?

– Quem sabe? – sorriu, fazendo mistério.

– Então por que não me conta? Por que quer que eu descubra sozinha?

Ele não respondeu. E o Joca, que já ia entrando com os outros, não deixou de aproveitar para fazer a pergunta de sempre:

– Por que não diz pra gente o que realmente aconteceu com a pedra do Reno?

– Eu já disse, *mein Junge* – resmungou. – Ela desapareceu.

Eu insisti:

– Mas como foi que ela desapareceu?

– É muito estranho, não é? Uma relíquia dessas sumir assim... – provocou o Eduardo.

O jardineiro pacientemente explicou:

– A pedra estava emprestada à Casa do Colono, onde tinha sido exposta num lugar de grande destaque, dentro de uma vitrine trancada a cadeado e à vista de toda gente.

Suspirou fundo e continuou com a explicação:

– Porém, um belo dia, ao abrirem o museu pela manhã, os funcionários encontraram a vitrine vazia. O pior é que não tinha sido quebrada ou arrombada; continuava com o vidro e o cadeado intactos. A pedra da profecia simplesmente sumira de lá, como por encanto, e nunca mais reapareceu.

Nós quatro nos entreolhamos, como a perguntar uns aos outros se aquela era ou não era uma resposta razoável. Mas o jardineiro não deu tempo para questionarmos mais nada.

– Vão querer ouvir a história ou deixamos a continuação para depois? – Ele parecia chateado com tantas perguntas. – Já não temos muito tempo por esta noite.

– De jeito nenhum, seu Hans – pedi. – É claro que a gente quer ouvir agora.

E assim a história recomeçou de onde havia sido interrompida:

Constatando que Siegfried estava mesmo morto, Günther e Hagen de Tronje colocaram o corpo sobre um escudo de ouro vermelho, para que um cavalo o arrastasse até o burgo.

"Eu mesmo o levarei para Worms", declarou o vassalo burgúndio, aproveitando para se apoderar da poderosa espada Balmung de sua vítima, "e diremos a todos que foi atacado por salteadores que o abordaram na floresta num momento em que caçava sozinho."

O rei concordou, pois sabia muito bem que agora era tarde para recuar. Iriam ter que encobrir, até o fim, o verdadeiro responsável por aquele cruel assassinato. Mas Hagen ainda não tinha esgotado todo o seu estoque de maldades. Assim, levou o corpo até o burgo e ordenou a seus homens que o deixassem secretamente em frente à porta dos aposentos de Kriemhild, para que ela o encontrasse quando saísse para a igreja, como fazia todas as manhãs.

E tudo aconteceu como o malévolo vassalo planejara: ao se deparar com o cadáver e reconhecer o marido morto a seus pés, rubro de sangue e com o escudo intacto, a infeliz rainha desabou no chão, debatendo-se em intenso desespero.

"Teu escudo não foi partido por nenhuma espada", gritou ela, entre lágrimas e soluços, com a cabeça de Siegfried reclinada em seu colo, "o que significa que foste assassinado! E só pode ter sido Hagen, a mando de Brünhild!"

Logo que a notícia da trágica morte se espalhou, o reino de Worms foi tomado de indescritível pesar e comoção. Por todos os lados súditos e nobres lamentavam e choravam a perda do grande herói de Xanten. A rainha Uote e seus filhos Gernot e Giselher, muito abalados, tentavam em vão consolar a pobre Kriemhild. Foi quando Günther retornou da floresta acompanhado dos homens que haviam ido à caçada, e com eles também chegou Hagen.

"Sentimos muito pelo horrível acidente", tentou disfarçar o rei. "Lastimaremos para sempre a perda de tão estimado amigo."

Mas Kriemhild não perdoou:

"Não podes lastimar-te por algo que tu mesmo apoiaste. Sei muito bem que o culpado é teu vassalo!"

"Todos sabem que foram os salteadores!", respondeu Günther, fingindo-se indignado. "Hagen não tem culpa alguma!"

Ela estava quase desfalecendo de dor, mas ainda arranjou for-ças para bradar:

"Então que ele vá até o ataúde de meu amado esposo, diante de todos, e assim fique provada sua inocência! Do contrário, dedicarei toda a minha vida a essa vingança!"

O Eduardo estranhou:

– Essa eu não entendi... Como é que se prova inocência apenas indo até o caixão de alguém?

– Coisas daquela época, *mein Junge*. Dizia-se que, quando um assassino se aproximava do corpo de sua vítima, as feridas voltavam a sangrar. Tem quem acredite nisso até hoje...

E foi exatamente o que ocorreu. Em meio à multidão de nobres e súditos em torno do ataúde de Siegfried, Hagen se aproximou vacilante, e o sangue do morto recomeçou de imediato a derramar-se pela ferida aberta. Mais que depressa, o rei de Worms se postou à frente, discretamente tentando encobrir a evidência do crime, mas para Kriemhild tudo agora estava claro: Hagen era o responsável pela morte de seu marido, e Günther era o ignóbil cúmplice que o ajudara no violento ato.

A última despedida do valoroso herói foi ocasião de extrema dor. O belo corpo de Siegfried foi velado na nave principal da catedral, por três dias e três noites, em meio a cânticos pungentes e orações doloridas. Mais de cem missas foram celebradas antes do sepultamento, que aconteceu no mosteiro de Lorch, nos arredores do burgo.

"Ao lado de meu idolatrado esposo permanecerei", decidiu a inconsolável viúva, recusando-se a ir viver em Xanten, onde havia ficado seu pequeno filho. "Sei que meu menino será bem cuidado pela família de seu desventurado pai, e aqui ficarei, acompanhada do fiel conde Eckewart e alguns dos outros guerreiros de meu marido, para tramar e colocar em prática minha implacável vingança."

"Aí está mais uma peça do enigma!", pensei na hora, muito animada. Por que razão a tal desforra era "vã", ainda não dava para saber, mas que a "bela amada da vã desforra" só podia ser a Kriemhild, disso eu agora tinha toda a certeza.

Só que o velho Hans já havia encerrado por aquele dia. E eu ia ter que, mais uma vez, esperar a continuação da história para descobrir mais sobre a intrigante profecia.

XIV
O Destino do Tesouro

No outro dia um milagre aconteceu. A manhã já começou tão quente que o pessoal resolveu largar um pouco a internet e ir até a piscina do clube, ainda antes do almoço. A água estava geladíssima, como sempre, mas ficamos o tempo todo de molho, para tentar aliviar o calor que nem ar-condicionado resolvia. O que foi uma boa oportunidade para batermos mil papos, ao vivo e a cores.

E a profecia perdida de Nostradamus foi o assunto principal. Aproveitando a rara chance de estarmos assim, cara a cara, contei para os três os progressos que vinha fazendo na resolução do enigma, o que era bem difícil de explicar usando um mouse e um teclado, ou mesmo uma tela touch.

– Tenho para mim que já estou decifrando quase tudo – declarei por fim, orgulhosa da minha esperteza. – Na primeira quadra, fica faltando saber quem é "o mais novo descendente do Reno", que vai voltar lá de Worms. E também por que a vingança de Kriemhild é considerada "vã".

– Vã? – repetiu a Juliana.

Resolvi "traduzir", percebendo que ela estava meio por fora:

– Sim, Ju, inútil, que não serve para nada. Uma vingança ineficaz.

– Gostei dessa sacada do "ano em que o pequeno fogo alcançar a ilha das seis rainhas" – elogiou o Eduardo. – Muito bem pensado, você acertou na mosca...

– Já na segunda quadra – continuei –, tem o tal "castelo em brasa que não viu coroas". Achei que poderia ser este castelo aqui, onde nunca entrou ninguém que usasse uma coroa, mas que eu saiba ele nunca pegou fogo... Ou quem sabe ainda vai pegar?

O Joca teve um estalo:

– Mas será que "em brasa" quer dizer isso mesmo? A profecia foi feita na Europa, lugar que tem tantos castelos... Será que o Nostradamus não queria simplesmente definir melhor que castelo era esse, dar uma pista mais clara de onde ele fica?

– Como assim?

– A palavra "brasa" pode se referir a Brasil, ué...

Achei que o João Carlos podia ter razão. Sim, era possível que fosse exatamente isso!

– Faz sentido – admiti. – Mas ainda tem a segunda quadra. Que o Siegfried vai se libertar da estátua do Ernesto para se reencontrar com a Kriemhild depois da morte, isso a gente mais ou menos já concluiu, até porque o seu Hans vive dizendo. Mas..."quando a princesa de doce alcunha encontrar o herói que fez o caminho de volta, e sua alma, páramo de sonhos, dele incontinenti se tornar cativa", aí já complica à beça.

– É – raciocinou o Eduardo –, além do Siegfried e da Kriemhild, parece que tem mais gente na jogada. Um é o tal herói descendente do Reno, esse que vai fazer o caminho de volta...

Acrescentei:

– E que é citado nas duas quadras da profecia.

– E a outra – ele completou –, é a tal "princesa de doce alcunha". Que, pelo jeito, vai se apaixonar por esse herói.

Coçou a cabeça e, meio sem graça, afinal me perguntou:

– Mas o que será "páramo"?

– Andei procurando no dicionário. "Páramo" significa cume, píncaro, algo extremo. Ou seja, uma alma que é o ponto culminante dos sonhos, uma alma muito sonhadora. – E então desafiei: – Mas alguém, por acaso, sabe o que é "incontinenti"?

– Essa é fácil – gabou-se o Joca. – Significa "imediatamente".

– Pois é, mas só consegui chegar até aí. O resto está muito complicado de entender.

A Juliana deu seu palpite:

– Então por que não pergunta para o seu Hans? Ele já não decifrou essa tal profecia?

– Não sei – respondi. – Ele está escondendo o jogo. Se decifrou, não quer me dizer. Por alguma estranha razão, parece querer que eu decifre por mim mesma.

– Mas a ida ao museu do colono, que foi sugestão dele mesmo, não ajudou em alguma coisa? – quis saber o Edu. – Então? Pode ser que, voltando lá com mais calma, a gente consiga outras dicas.

– Se quiser, podemos ir com você amanhã – propôs o Joca.

E a Ju, "incontinenti", concordou com a cabeça.

Fiquei impressionada. Quer dizer que, além de não estarem mais discutindo se dava ou não dava para acreditar nas histórias do Espírito do Reno, da profecia de Nostradamus e da alma do Siegfried aprisionada na estátua do Ernesto, aqueles três agora estavam se oferecendo para me ajudar?

– Combinado! – me entusiasmei, toda contente, agradecida pelo enorme sacrifício que eles iriam fazer por mim (largar um pouco a internet para ir comigo até o museu). – E hoje à noite ainda tem a continuação da história. Quem sabe o velho Hans não revela mais alguma coisa sobre a profecia?

O tempo foi passando no reino dos burgúndios, mas o atroz sofrimento de Kriemhild ficava cada vez pior. Em prantos, ela visitava diariamente o túmulo do venerado esposo e implorava a Deus que cuidasse de sua alma. Nem as amorosas tentativas da rainha Uote e de seus gentis irmãos Gernot e Giselher conseguiam trazer-lhe algum conforto.

Quanto a Günther, Brünhild e Hagen, com estes ela nem sequer falava. E a ideia fixa de vingança – única razão para que seguisse em frente – ia crescendo e tomando forma em sua alma saudosa e atormentada.

"Para poder vingar-me de quem tão odiosamente arrebatou a vida de meu Siegfried", pensava a sofredora, "será preciso contratar os melhores guerreiros, armar planos invencíveis, e não economizar nos meios."

Foi quando se lembrou do colossal tesouro dos nibelungos, que afinal agora era somente seu, uma vez que o marido o havia oferecido a ela como dote nupcial. Então pediu aos irmãos mais novos que acompanhassem oito mil homens até o esconderijo na caverna do dragão, onde o anão Alberich e seus companheiros, cumprindo as ordens do herói de Xanten, guardavam a fortuna a sete chaves.

Ao saber da trágica morte de Siegfried, o rei dos nibelungos reconheceu à viúva o direito de tomar posse de todas aquelas incontáveis riquezas e permitiu – como seu leal guardião – que o tesouro fosse levado até vários barcos que aguardavam na margem do rio, a fim de que acabasse entregue à sua legítima proprietária.

E a tarefa se mostrou hercúlea. Para levar tudo aquilo da montanha até a beira do Reno foram necessários doze carros, cada um fazendo três viagens diárias, durante quatro dias e quatro noites. Depois, durante o percurso rio acima até Worms, várias vezes as barcaças quase viraram e por pouco não afundaram, sobrecarregadas pelo peso descomunal das enormes pilhas de metais preciosos e gigantescas gemas.

Mas finalmente o inigualável tesouro aportou no reino dos burgúndios, onde a bela e vingativa Kriemhild o esperava ansiosamente, logo tomando posse de tudo e com ele abarrotando vários cômodos e várias torres de seu castelo.

E assim começou a pôr em prática seus planos de desforra. Passou a convidar a seu país muitos guerreiros de outras terras, presenteando-os generosamente com ouro e joias. Distribuía partes de sua fortuna com ricos e pobres, cativando a todos, embora o tesouro fosse tão imenso que nem assim diminuía significativamente de valor.

Isso preocupou Hagen de Tronje, que tentou convencer Günther a confiscar os bens da irmã.

"É uma insensatez deixar tanta riqueza nas mãos de uma mulher", argumentou ele, sentindo-se ameaçado. "Em pouco tempo ela terá tantos homens a seu serviço que passará a representar um perigo para o povo burgúndio!"

Entretanto, desta vez, o soberano de Worms não se deixou persuadir. Negou-se a acatar a vontade do nobre, mas logo depois teve que partir de suas terras, levando com ele seus irmãos e seus mais fiéis vassalos, numa missão importante em um burgo distante. No reino ficaram apenas muitos guerreiros e Hagen de Tronje, que – é claro – não perderia a oportunidade de resolver o assunto pessoalmente.

E não demorou. Aproveitando a ausência dos três reis, o assassino de Siegfried conseguiu reunir um número enorme de homens para ajudá-lo a juntar o tesouro de Kriemhild e levá-lo até a margem do rio Reno. Isso foi feito durante muitos e muitos dias, na calada da noite, quando a viúva e suas damas dormiam em sua ala da residência real.

Até que, certa madrugada, quando praticamente mais nada restava da impressionante fortuna nos cômodos do castelo, o próprio Hagen seguiu até a beira do rio e, com as próprias mãos, passou horas a fio atirando todo o ouro, prata e pedras preciosas no leito do Reno, em um local repleto de fendas e valas, enquanto via cada peça afundar em poucos instantes e deixar um rastro brilhante que era logo sugado pela correnteza opaca.

"Agora a viúva não mais terá meios de perpetrar sua vingança", festejou ele, aliviado por ter se livrado da ameaça que representava aquela fortuna nas mãos de Kriemhild. "E um dia voltarei e resgatarei tudo para mim."

Ele só não contava que o voluntarioso rio nunca aceitaria devolver o que estava ocultando. Assim, o lendário tesouro dos nibe-lungos permaneceria para sempre sob as águas do Reno e jamais, em tempo algum, seria novamente avistado.

A Juliana se revoltou:

– Coitada da Kriemhild! Esse Hagen não a deixa em paz!

– Pode ter certeza de que não vai ficar por isso mesmo – adivinhou o Joca. – Duvido que essa história acabe aí.

– E não acaba mesmo, *mein Junge*. Mas talvez fosse melhor que acabasse.

E o velho Hans se despediu por aquela noite, deixando-nos ainda no salão do Ernesto ocupados em combinar, para a manhã seguinte, uma ida ao museu Casa do Colono.

XV
O Rei dos Hunos

Apesar de todas as promessas e boas intenções, não foi nada fácil arrastar a galera para fora de casa no dia seguinte para a combinada visita ao museu. Afinal, no dia anterior, os três quase não tinham ficado conectados, e agora precisavam "compensar".

Acabamos entrando num acordo: eles passaram a manhã toda em casa, acessando a internet, e só depois do almoço descemos até a estrada para pegar o ônibus em direção à cidade. E dessa vez tivemos a sorte de chegar logo, porque o trânsito estava bom. Só não sabíamos que o museu fechava às quatro da tarde.

Por isso, não tivemos todo o tempo que esperávamos para visitar tudo com bastante calma. Mas, como o museu é pequeno, deu para descobrir muitas coisas legais. Vimos várias fotos antigas de piqueniques e caçadas, de alegres bandas de música, além de retratos bem grandes do imperador Pedro II e do engenheiro Julio Köeler, responsável pelo traçado de Petrópolis. O Joca e o Edu puderam conhecer o mapa original da cidade, dividida em quarteirões, e localizar o quarteirão de Worms, área em que ficava o nosso clube.

Muitos objetos ligados à religião também estavam expostos, e ficamos sabendo que a maioria dos colonos germânicos era católica ou luterana, e que eles tinham famílias enormes. Um velho gramofone e uma máquina de costura primitiva me chamaram muito a atenção, e foi a primeira vez que vimos uma "comua", que era um assento de madeira com um penico, uma espécie de avó das privadas modernas. Realmente, deu para notar que a vida na época era bem mais difícil que a nossa: o banho era de tina, e a água precisava ser esquentada no fogão a lenha. Na cozinha, nada de modernos eletrodomésticos: encontramos uma bomba d'água manual, um tosco porém engenhoso cortador de repolho, uma geringonça para fabricar linguiças e outra para fazer pão, além de um jurássico batedor de manteiga. Livros, baús, roupas típicas e instrumentos rústicos de trabalho eram exibidos pela casa toda, além do colorido brasão de Worms, que ficava numa parede atrás de um barril de vinho.

Mas – apesar de ser tudo interessante até demais – nada realmente ajudou com a profecia. É claro que o passeio valeu, e muito, para a gente ficar conhecendo um pouco da história de Petrópolis e da imigração alemã, e para ver tantos objetos antigos, que recriavam toda uma cultura e uma era já tão distantes.

Uma coisa esquisita, porém, me fez ficar inquieta o tempo todo: como havia acontecido da outra vez em que visitei aquela casa, tive a impressão de estar sendo observada. A construção possuía várias janelas e, cada vez que eu ficava de costas para uma delas, tinha a nítida sensação de que alguém me olhava, embora ao me voltar não encontrasse ninguém. Aparentemente estávamos apenas nós quatro ali, além da funcionária que nos guiava pelo museu. Mas eu estava certa de que olhos ocultos me acompanhavam por onde eu ia. E só pararam quando saímos para a rua.

〰〰〰
〰〰〰

– Gente, as férias estão quase no fim – de repente eu me dei conta, assim que o velho Hans chegou ao salão do Ernesto naquela noite.

O João Carlos, que já estava todo esparramado na escadaria, demonstrou preocupação:

– Pois é. Se essa história demorar muito pra terminar, não vamos ficar sabendo o final.

– Ah, isso é que não! – protestou a Juliana, já exagerando: – Passar esse monte de dias aqui, quase sem entrar nas redes sociais, pra acabar morrendo na praia...

– Meus pais já avisaram que vamos pro Rio depois de amanhã, uns dias antes do início das aulas. Minha mãe tem coisas pra resolver lá em casa, e meu pai não quer pegar engarrafamento na estrada. – O Eduardo também parecia um pouco aflito.

O jardineiro tentou esfriar os ânimos:

– Calma, *meinen Jungen.* Em dois dias a história chega ao fim – prometeu, e se virou para mim, parecendo meio ansioso: – E você, *mein Prinzessin,* vai ficar em Petrópolis até quando?

– A Ju, o Joca e o Edu vão descer na quinta-feira, mas minha família fica até domingo.

Não sei por que, ele se mostrou feliz:

– Que ótimo então! Vamos saber o que aconteceu com a Kriemhild?

Assim que descobriu que praticamente todo o seu tesouro desaparecera, a viúva de Siegfried facilmente concluiu que isso também havia sido obra do odioso Hagen de Tronje. Seu rancor por ele ficou ainda maior – se é que isso era possível –, mas agora, sem sua fortuna, e sem o apoio de Günther para se vingar, Kriemhild estava de mãos atadas.

Seus dias passaram a ser só pesar e sofrimento, e durante treze longos anos ela chorou e lamentou a desgraça que se abatera sobre sua vida, lembrando, a cada minuto, do adorável sorriso de seu amado esposo, cujo túmulo continuou a visitar diariamente. Mesmo assim permaneceu no reino dos burgúndios, em companhia da mãe, sem nunca desistir de encontrar uma maneira de se desforrar daqueles que considerava os responsáveis por sua infelicidade. E o rei de Worms, seu irmão Günther, naturalmente era também um deles.

Mas o destino dá muitas voltas, como todos nós sabemos. E um dia chegou ao burgo uma fabulosa comitiva de 500 guerreiros, luxuosamente trajados e portando armas de ouro. Eles usavam caríssimas vestes forradas de peles, que iam do pescoço até as esporas, e tinham vindo de muito longe, de terras húngaras, passando por Viena e atravessando a Bavária. Eram liderados por um brioso cavaleiro chamado Rüdiger, homem de confiança e emissário direto do invencível Átila, o rei dos hunos.

"Desde a pranteada morte de nossa rainha Helche", anunciou o recém-chegado, em respeitosa reverência, "que o valoroso Átila busca uma esposa à sua altura para novamente se casar."

Os três reis burgúndios haviam recebido a comitiva com todas as honras e agora ouviam a mensagem transmitida pelo fiel Rüdiger.

"Ouvindo falar da esplendorosa beleza de vossa irmã Kriemhild e sabendo que ela enviuvou do heroico rei Siegfried, de Xanten, nosso soberano deseja transformá-la em sua rainha."

Foi então formado um conselho dos nobres da corte de Worms para decidir sobre o pedido do rei dos hunos. E todos – com exceção de Hagen, que novamente temia a vingança da viúva – foram favoráveis à união de Kriemhild com Átila, que não poderia ser mais rico, mais temido ou mais poderoso. Mas a resposta final seria dela, que a princípio negou com veemência.

"Como podeis me pedir que ame outro homem", argumentou a bela para o emissário do rei, "se nada mais faço que chorar por Siegfried, se essa dor lancinante ocupa todo o meu coração?"

Mas os argumentos eram fortes:

"Se aceitardes nosso bravo rei como vosso esposo, sereis a soberana absoluta de doze grandes reinos e mais trinta principados e reinareis sobre um incontável número de súditos, tudo isso conquistado graças à coragem do fabuloso Átila, que também vos oferece sua afeição e consolo por vossas desventuras."

Apesar da grande resistência da viúva, que não conseguia se imaginar nos braços de outro homem que não Siegfried, foi a possibilidade de enfim concretizar seus ímpetos de vingança que acabou por convencê-la a aceitar o pedido do rei huno.

E assim, acompanhada pelo vassalo Eckewart, seiscentos de seus guerreiros e cem nobres donzelas, Kriemhild partiu de Worms com a comitiva do noivo, para a aventurosa jornada através de vastos territórios desconhecidos, quase todos sob o domínio do seu legendário pretendente.

Gostei de saber disso.

– Aposto que o Hagen agora vai se dar mal. Depois de todo o horror que causou, ele não pode ter um final feliz!

– Pelo jeito, a vã desforra vem aí – opinou a Ju. – Só está faltando a gente entender por que é "vã".

O Edu logo lembrou, achando graça:

– Mas a Kriemhild agora vai morar muito longe do Hagen. Como ela vai fazer pra se vingar? Nem um vídeo falando mal dele no YouTube ela vai poder postar...

A união de Átila e Kriemhild foi um acontecimento portentoso. Realizadas em Viena, no dia de Pentecostes, as bodas foram comemoradas por dezessete dias e dezessete noites. Nem mesmo a majestosa festa de casamento da bela com o príncipe Siegfried havia tido tantos convidados, tantos talentosos menestréis, banquetes tão fartos e tamanha distribuição de ouro e prata entre os súditos e hóspedes.

Depois disso, o casal real e sua comitiva navegaram com todo o conforto pelo rio Danúbio até chegar a Etzelburg, no reino dos hunos, onde foram recebidos com imenso júbilo e respeitosa veneração. E, em pouco tempo, a nova rainha havia conquistado a admiração e a lealdade dos muitos familiares e vassalos de Átila, por suas inesgotáveis beleza, bondade e generosidade.

Assim, durante sete anos, Átila e Kriemhild viveram em grande opulência e cercados de muitas honrarias. Foi por essa época que a encantadora rainha deu à luz Ortlieb, o filho que seria para o rei a maior de suas venturas e que encheu o reino de indescritível felicidade. Mas – ao contrário do que poderíamos pensar diante de tantos acontecimentos afortunados – os desejos de vingança que ela sempre acalentara não tinham sido, por um instante sequer, esquecidos ou mesmo amainados. A funesta figura de Hagen de Tronje não lhe saía do pensamento, e mesmo seu irmão Günther, que de forma tão vil traíra um amigo fiel como o rei de Xanten, não havia sido jamais por ela perdoado.

Kriemhild então traçou um plano ardiloso para atrair à terra dos hunos os cavaleiros de Worms.

XVI
A VÃ DESFORRA

O dia seguinte começou melancólico. Meio nublado, muito abafado, era o último dia daquelas férias de verão em Petrópolis para a Ju, o Edu e o Joca, já que na manhã seguinte os três iriam voltar para o Rio. Embora eu ainda fosse ficar mais um tempinho, precisamente até o fim de semana – porque meus pais gostavam tanto da casa e do clube que sempre deixavam para ir embora na véspera de as aulas começarem –, o clima de despedida era geral. Ainda mais porque aquela seria a noite em que o velho Hans finalmente chegaria ao esperado final da empolgante história de Siegfried e Kriemhild.

E estava todo mundo tão triste de se separar, depois de todos aqueles dias de convivência tão próxima, que ninguém nem pensou em acessar a internet. Afinal, havia tanta coisa para fazer em casa – aprontar as malas, ajeitar o quarto, ajudar os pais nas arrumações para a viagem de volta – que no tempo que sobrou todos resolveram descer cedo para o clube, a fim de ficar mais um pouco juntos e bater o último papo das férias.

— Alguém aí decifrou a profecia? — perguntou o João Carlos, com um arzinho divertido, assim que nos encontramos.

— Ainda não — confessei, suspirosa. — Mas também não desisti. É tão romântica!

O Eduardo voltou ao velho assunto:

— E a tal pedra misteriosa, por acaso o jardineiro já mostrou?

— Claro que não — riu o Joca. — É lógico que essa pedra nunca existiu. Ele inventou essa história toda...

— E por que faria isso? — eu quis saber.

— Não sei. Mas bem que eu gostaria de descobrir.

Foi quando anunciei o acontecimento que iria mudar a minha vida:

— Gente, perdi meu celular...

— Você deve ter esquecido em casa, como sempre — sentenciou a Juliana.

— Não, Ju, já procurei por todo canto. Lá em casa, aqui no clube... desta vez eu perdi mesmo...

Foi o Edu que teve a ideia óbvia:

— E já tentou ligar pra ele? Pode ser que alguém tenha encontrado. — E me estendeu o próprio celular, todo gentil, para que eu fizesse a ligação.

— Alô? — Logo atendeu um homem, assim que terminei de digitar o número. — Então é você a dona deste telefone?

Gostei demais da voz: macia, profunda e vibrante.

— Quem está falando? — perguntei, com o coração (não sei por que) batendo depressa.

— Sou o Vítor, estagiário de História do museu Casa do Colono. Pelo jeito, você esqueceu seu celular aqui.

Fiquei meio atordoada. Não me lembrava de ter visto nenhum estagiário lá. E seria simplesmente impossível ter esquecido aquela voz.

– Sim – afinal respondi –, estive visitando o museu... posso ter deixado aí...

– Olha, vou sair daqui a pouco. Onde você mora? Tenho umas coisas para fazer na cidade, mas posso encontrá-la à noite para devolver...

Lembrei-me das mil recomendações dos meus pais para nunca marcar encontros com desconhecidos. Mas um desconhecido com aquela voz... bom, não era exatamente um desconhecido, era um estagiário da Casa do Colono. E eu podia marcar ali no clube, cercada de gente, sem perigo nenhum. Foi o que resolvi fazer.

〰〰 〰〰 〰〰
〰〰 〰〰 〰〰

Para levar os homens de Worms a Etzelburg, a fim de atraí-los para uma cilada, a rainha Kriemhild usou de toda a sua argúcia para convencer o marido de que, saudosa dos irmãos, adoraria que ele os convidasse para as festividades do solstício de verão, que então se aproximavam. Com muito boa vontade, Átila concordou, logo enviando uma faustosa comitiva de mensageiros ao reino dos burgúndios, carregada de gentilezas e presentes.

Logo que receberam o convite, os três reis de Worms se sentiram muito honrados, mas decidiram consultar o conselho de nobres sobre a conveniência da viagem. Todos os conselheiros foram a favor, com exceção de Hagen de Tronje, que se opôs furiosamente à ideia, assim advertindo Günther:

"Vossa irmã é vingativa. Irmos até a terra dos hunos será a nossa destruição."

"Kriemhild mudou", argumentou o rei. "Conforme garantiram seus mensageiros, ela hoje é feliz ao lado do marido e do filho, renunciou ao ódio que sentia e nos perdoou completamente."

De qualquer maneira, por sugestão de Hagen, os reis burgúndios se preveniram: reuniram todos os guerreiros da corte, formando um enorme e respeitável séquito, e juntaram armas suficientes para uma eventual necessidade. Desse modo partiram de Worms, animados com a viagem, porém deixando para trás muitas mulheres em prantos, incluindo a rainha Uote – já que elas, de algum modo, intuíam que nunca mais veriam seus homens.

A jornada era extensa e difícil, mas Hagen de Tronje – cujo pai havia sido vassalo do rei Átila e que crescera na região – conhecia bem o caminho. Assim, auxiliado pelo irmão Dankwart, foi guiando os cavaleiros através das terras francônias até chegar ao revolto rio Danúbio, que agora precisavam atravessar. Para isso, Hagen contou com a ajuda das ondinas, ninfas das águas, que no entanto o advertiram daquilo que ele já sabia: haviam sido convidados a Etzelburg para encontrar a morte.

Mas agora não poderiam mais voltar, já que os barcos em que haviam atravessado o Danúbio haviam se incendiado. E tinham um longo caminho pela frente. Teriam, ainda, muitas dificuldades a enfrentar. Precisaram vencer pequenos exércitos que tentavam barrar--lhes a passagem e seguiram adiante mesmo depois de encontrarem o rei ostrogodo Teodorico de Verona que – acompanhado por muitos cavaleiros, com destaque para Hildebrand, o mais leal e glorioso deles – também se dirigia a Etzelburg para as festividades e igualmente os avisou das intenções vingativas de Kriemhild.

Porém, afinal, todos chegaram sãos e salvos ao destino, onde foram recebidos com genuína alegria pelo rei dos hunos e com fingida amabilidade por sua belíssima rainha. Mas Hagen não se deixou enga-nar por ela.

"Sei muito bem de vossas intenções. Quisestes atrair-nos para uma emboscada. Mas estamos preparados para tudo", disse, enquanto segurava, desafiadoramente, a empunhadura de uma belíssima espada que trazia junto ao corpo, e que Kriemhild logo reconheceu como sendo a preciosa Balmung, que o traiçoeiro vassalo arrebatara do nobre Siegfried.

Vê-lo de posse daquela arma que pertencera a seu heroico marido enfureceu Kriemhild ainda mais. Tal afronta fez com que ela não adiasse mais seus planos de desforra. Então saiu prometendo dar terras e burgos, joias e ouro, a qualquer vassalo de Átila que matasse Hagen de Tronje. E vários deles tentaram, mas foram derrotados e mortos.

Até que a rainha conseguiu convencer o próprio irmão do rei dos hunos – com a promessa de dar-lhe uma grande fortuna e a mão de uma formosa donzela que ele cobiçava – a levar seus homens até o salão onde agora acontecia o suntuoso banquete da festa, a fim de provocar um tumulto e iniciar uma sangrenta batalha. E Blödel (era esse o seu nome) cumpriu sua parte no trato, inclusive pessoalmente atacando Dankwart, mas este o acabou degolando com um golpe preciso de espada.

Logo que Átila e seus guerreiros souberam da morte de Blödel pelo irmão de Hagen, revidaram com fúria, e aí o pior começou. No meio da batalha que se seguiu, dentro do enorme salão do castelo, o feroz Hagen fez questão de assassinar com as próprias mãos o filho de Átila e Kriemhild, o jovem Ortlieb, acirrando ainda mais o ódio mortal dos hunos e desencadeando uma matança sem precedentes.

Vendo que os homens de Átila vinham sendo fragorosamente derrotados pelos valentes forasteiros no interior do salão, a rainha conseguiu que os hunos sobreviventes abandonassem o palácio, inclusive seu marido, e, trancando os portões, mandou incendiar tudo com todos os burgúndios dentro. Mas, ainda assim, seiscentos deles resistiram à fumaça e ao fogo.

Mil e duzentos guerreiros hunos então se atiraram contra os estrangeiros, com ímpeto assassino e raiva selvagem, e lanças voaram por todos os lados. O sangue corria solto pelo solo de Etzelburg, tingindo de vermelho as paredes incendiadas do castelo, e até o fiel emissário Rüdiger – embora achasse aquela guerra despropositada – entrou na briga em lealdade ao soberano Átila, a quem jurara apoiar até a morte.

Mas também esse valoroso e sensato herói, depois de intenso tilintar de espadas e escudos violentamente despedaçados, acabou tombando em meio à luta, o que despertou a ira de Teodorico, o Grande, contra os cavaleiros de Worms. O ostrogodo rei de Verona ordenou então que seus guerreiros – capitaneados pelo imbatível Hildebrand – se lançassem furiosamente contra os burgúndios para vingar seu estimado amigo Rüdiger.

E, desta vez, absolutamente todos de Worms teriam sido dizimados – incluindo os reis Gernot e Giselher, que acabaram por perecer de forma heroica –, se não tivessem sobrado dois únicos prisioneiros, que foram capturados, amarrados com violência e arrastados à presença da rainha Kriemhild. E esses dois eram justamente o rei Günther e seu vassalo Hagen de Tronje.

Estávamos todos tão absortos por aquela aventura inimaginável, cheia de mortes horríveis e sangue derramado – e que, ainda por cima, era narrada pelo velho Hans com o realismo eletrizante de sempre –, que nem percebemos a princípio, na semipenumbra do salão do Ernesto, que mais alguém havia chegado.

De onde eu estava, sentada no quarto degrau da escadaria e recostada à parede, olhei em direção à porta principal e de repente vi um príncipe entrando. E não era fantasia da minha cabeça sonhadora, não: tratava-se do rapaz mais interessante que eu já vira em toda a minha vida. Alto, forte sem exageros, de pele aveludada e cor de chocolate, um rosto perfeito e luminosos olhos azuis, parecia um herói diretamente saído das histórias fantásticas do jardineiro. Todo mundo devia ter notado que eu tinha ficado embasbacada.

– Vítor! – exclamou o seu Hans, parecendo surpreso e abraçando o jovem com grande carinho. – O que faz aqui?

– Vim entregar o celular de uma certa mocinha esquecida – respondeu ele, com um deslumbrante sorriso de dentes branquíssimos e aquela voz macia e profunda, que quase me fez desmaiar de emoção. – Mas não quero interromper nada, vovô.

Vovô? Como podia aquele rapaz negro de trancinhas afro ser neto do louríssimo jardineiro de antepassados alemães?

O velho Hans achou graça da nossa surpresa:

– Este é meu neto caçula, Vítor, que acaba de voltar da Alemanha, onde esteve por um ano fazendo intercâmbio na faculdade de História – informou, todo orgulhoso. – Ele quer se especializar em história da imigração germânica no Brasil, e mal chegou de Worms já conseguiu um ótimo estágio na Casa do Colono.

Eu estava sem palavras. Não conseguia desviar os olhos daquela aparição.

– E, como principalmente as meninas podem observar, é uma admirável mistura bem brasileira, de minha bela nora negra, descendente de africanos, com meu filho louro, de ascendência alemã.

Meu Deus!, entendi na hora, ainda completa e evidentemente encantada: então é esse "o herói que fez o caminho de volta"? Então é "o mais novo descendente do Reno"? Sim, porque se aquele rapaz maravilhoso era neto do velho Hans, que era neto do jardineiro Theodor, que por sua vez era descendente de Siegfried, o filho do Reno... era quase certo que ele fosse "o mais novo descendente do Reno"! E mais: ele havia regressado da "vila que transpôs o mar", fazendo "o caminho de volta"! Nada mais óbvio, agora!

Eu não sabia se estava mais feliz por estar conseguindo decifrar um dos últimos mistérios da profecia perdida de Nostradamus ou por estar me percebendo (incrível!) repentinamente fascinada por um de seus personagens... que eu acabara de conhecer!

– Bom, estou quase terminando a história – concluiu o jardineiro com um sorrisinho maroto, reparando claramente na minha perturbação. – Sente aí com a gente, Vítor, que depois você entrega o celular à moça, e poderemos todos conversar melhor.

Coisa engraçada... eu tinha ficado tão estonteada por aquele turbilhão de sentimentos que achei ter visto um ar de alegria no rosto da estátua do Ernesto. Mas deixei essa ideia maluca de lado e me esforcei para prestar atenção à narrativa que prosseguia.

A vingativa esposa de Átila ordenou que os prisioneiros fossem colocados em celas separadas, completamente incomunicáveis. E foi logo acertar as contas com o abominável Hagen.

"Se disseres onde escondeste o tesouro dos nibelungos que arrebataste de mim, pode ser que eu permita que te soltem e te deixem vivo para retornares a Worms", vociferou a antes tão meiga Kriemhild, dominada pelo ódio ao assassino do adorado Siegfried.

"Inúteis são vossos apelos, rainha dos hunos. Jurei que jamais revelaria o paradeiro daquela grande fortuna enquanto algum dos meus três senhores ainda estiver sobre a Terra, porque é aos reis de Worms que ela pertence."

"Não seja por isso", ironizou ela, enlouquecida de dor.

Assim, diante da intolerável recusa, e tomada por cólera insana, a rainha ordenou de imediato que os guardiães da prisão matassem

Günther e trouxessem até ela sua cabeça decepada. Segurando-a pelos cabelos, Kriemhild levou a cabeça do irmão para exibi-la a Hagen, que entrou em profundo desespero, mas não cedeu:

"Conseguistes o que queríeis, rancorosa senhora, vos vingastes da traiçoeira morte do herói de Xanten, mas jamais porás novamente os olhos naquela fortuna. Estão mortos os reis Günther, Gernot e Giselher, vossos desventurados irmãos, e agora somente eu e Deus sabemos onde se encontra o tesouro dos nibelungos. E, por mim, nunca vos confessarei seu paradeiro."

Completamente descontrolada por tamanha revolta e amargura, ensandecida pelas trágicas mortes de tantos heróis e do próprio filho, a viúva de Siegfried alcançou a preciosa espada Balmung forjada pelo heroico marido, e brandindo-a em direção a Hagen – que jazia no chão amarrado e totalmente imobilizado –, finalmente gritou, possessa:

"Foste a causa de toda a minha infelicidade! Nem esta ino-minável desforra, que exterminou meu próprio povo e que tal carnificina trouxe ao reino de Átila, terá adiantado para apaziguar minha alma para sempre destroçada."

Dizendo isso, Kriemhild ergueu a pesada espada com ambas as delicadas mãos e degolou Hagen, súbita e impiedosamente, sem lhe dar tempo para um último suspiro. O rei dos hunos e Teodorico de Verona, que assistiam a tudo, ficaram em choque. Como podia uma mulher ousar assassinar, daquela forma e sem a menor chance de defesa, um bravo guerreiro imobilizado?

Foi quando o vassalo ostrogodo Hildebrand subitamente se lançou com violência sobre a rainha e a trespassou com sua lança aguda, retaliando a desonrosa morte imposta ao valente Hagen de Tronje – e fazendo-a tombar, ensanguentada e sem vida, sobre o líquido vermelho que escorria do corpo mutilado do burgúndio, misturando o sangue de ambos numa única correnteza de sofrimento e tragédia.

XVII
O Descendente do Reno
e a Princesa de Doce Alcunha

E assim termina, aqui na Terra, a história do dramático e desditoso amor de Siegfried e Kriemhild, que poderia ter tido final bem diferente se não fossem a soberba e a estupidez humanas.

Nossa! Se eu já não estivesse meio zonza pela simples presença daquele herói afrogermânico que – com sua sedosa pele negra e seus olhos absurdamente azuis – tinha me deixado quase fora de mim, eu teria ficado ainda mais chocada com a história assombrosa que o velho Hans acabara de contar.

Mas todo mundo estava chocado, e muito. Assim que o jardineiro deu a saga por encerrada, ficou aquele silêncio esquisito, como se a gente precisasse de um tempo para digerir tanto infortúnio. Até que o Eduardo se arriscou a falar, ainda abalado:

– O que aconteceu com aquela princesa tão boa e gentil? Como foi ficar monstruosa desse jeito?

154

– Enlouqueceu de dor, *mein Junge* – lamentou o velho. – Essas histórias antigas às vezes são muito impressionantes, terríveis mesmo, porque mostram as várias facetas da natureza humana. E o final desta é triste e violento, mas é exatamente assim que ela vem sendo transmitida através dos tempos e das gerações, e que o Espírito do Reno narrou ao meu avô Theodor.

A Juliana estava estatelada; nem sequer se mexia do lugar.

– E quanto à profecia de Nostradamus? – perguntou o Joca de repente, que não parecia nem um pouco disposto a esquecer a questão da pedra sumida.

Mas a resposta do seu Hans veio com grande naturalidade:

– Como já era esperado, *mein Junge*, a profecia acaba de se cumprir. – E abraçou afetuoso a estátua do Ernesto, do modo como se abraça um velho amigo. – Tudo aconteceu precisamente como foi previsto há séculos: a demora foi grande, mas enfim a alma do valoroso Siegfried agora está livre desta prisão.

Curiosos, todos nos viramos para a escultura de madeira, que permanecia ali, silenciosa e estática como sempre, parecendo em nada ter mudado. Porém talvez – observando com bastante calma – desse para notar uma expressão um pouco mais vazia, uma postura um pouco mais inerte, um olhar mais impassível do que antes. Ou talvez fosse só mesmo a minha imaginação.

– Então o senhor já sabe que a profecia se cumpriu? – Eu me surpreendi. – Isso quer dizer que também já a desvendou, que conhece seu significado...

– Exatamente – admitiu, saboreando a minha curiosidade. – Aliás, sempre conheci. Mas não posso revelá-lo a você, *mein Prinzessin*. É preciso que descubra por si mesma. Só se acredita no inacreditável através das próprias conclusões.

– Pois eu já entendi tudo – gabou-se o João Carlos. – E mesmo assim não vou dizer que acredito.

O jardineiro não se abalou.

– Isso não muda nada, *mein Junge* – ponderou ele, com um

sorriso tranquilo no canto da boca. – As coisas não precisam da nossa crença para que existam ou aconteçam.

Foi aí que uma ideia maluca sobre a tal princesa da profecia de repente me veio à cabeça e foi logo reforçada pela agradável vertigem que senti quando ouvi de novo a voz do "herói que fez o caminho de volta".

– Eu a vi nas duas vezes em que esteve no museu, mas você não me viu – ele falava comigo! – E só depois percebi que seu celular tinha ficado lá.

– Deixe que eu faça as apresentações, meu neto. Estes são a Juliana, o João Carlos e o Eduardo.

O príncipe de ébano se levantou e apertou a mão dos outros três.

– E esta é *mein Prinzessin* Melissa, mas todo mundo a conhece como Mel.

O rapaz me olhou de um jeito estranho e disse uma coisa mais estranha ainda:

– Mel? Bem que eu suspeitava... Nas vezes em que a vi no museu, não sei como, tinha certeza de que era você...

Então me estendeu o celular, sempre me encarando fixamente com aqueles inacreditáveis olhos cor de água, e nossas mãos se tocaram por um instante. Tentei esconder a emoção, mas sei que não consegui. O clima entre nós era indisfarçável.

– Amanhã à noite vai ter um ótimo show no Teatro Dom Pedro – continuou ele, sem desviar os olhos dos meus. – Uma homenagem a Dorival Caymmi, e eu tenho dois ingressos. Você aceita ir comigo?

〰〰〰
〰〰〰

– Então é você a "princesa da doce alcunha", não é, Melissa? – disse o João Carlos em tom de deboche, se achando muito esperto. – O velho Hans de bobo não tem nada...

É claro que eu tinha topado, sem pensar duas vezes e dando gritinhos íntimos de alegria, ir com o Vítor ao show do dia seguinte. Depois havíamos nos despedido dele e do jardineiro – que nunca ficara no clube até tão tarde como naquela noite – e agora subíamos juntos a ladeira enluarada que levava ao condomínio. A noite estava fresca e clara, e eu me sentia flutuar.

– Doce alcunha? – embatucou a Ju.

E o Eduardo explicou, com paciência:

– Apelido doce, Juliana. Alcunha significa apelido, e mel não é uma coisa doce? Pois é, a Melissa é a princesa da profecia.

O Joca não segurou um riso irônico.

– Nunca vi tanta imaginação! Inventar uma história complicada dessas, com direito a Espírito do Reno e previsões de Nostradamus, só pra arrumar uma namorada pro neto... E ainda botar o pobre do Ernesto no meio da confusão!

– Como é que é? – Eu me espantei, sem entender direito aonde ele queria chegar.

– Ah, Mel, não acredito que você não desconfiou. O jardineiro sempre te achou uma garota bacana e queria que você namorasse o tal do Vítor, que devia estar meio deslocado depois de passar um ano estudando fora... aí criou essa fantasia toda!

– E, pelo que dá pra ver, deu muito certo. Ela caiu direitinho... – A opinião do Edu não era diferente.

– Não é nada disso! – protestei.

E o Joca desafiou:

– Sei. Então cadê a tal pedra onde foi escrita a profecia? Como ela pode ter desaparecido assim, sem mais nem menos?

Até a Juliana ficou em dúvida:

– Isso é verdade, Mel. Essa história é fantástica demais. Se ainda houvesse uma prova... O seu Hans pode muito bem ter inventado tudo só pra aproximar você do neto.

Logo entendi que não ia convencer ninguém. Para falar a verdade, até eu mesma não estava assim tão convencida. Afinal, por mais "cabeça nas nuvens" que eu fosse, tinha que reconhecer que não era nada fácil acreditar em certas coisas.

E, embora a profecia se encaixasse direitinho na vida real – até a parte que dizia "e sua alma, páramo de sonhos, dele incontinenti se tornar cativa" agora parecia ter se realizado –, ninguém tinha uma prova realmente concreta do que o jardineiro dizia.

Mas nem sei se, a essa altura, isso tinha importância para mim. O importante é que eu tinha esquecido completamente o Pedro e adivinhava que um novo amor estava a caminho – aliás, estava a caminho, não, já tinha chegado! E eu não ia ser descuidada como a Kriemhild, que do nada acabou estragando tudo: ia tratar de ser feliz com o meu "descendente do Reno", um príncipe ainda mais encantado do que o Siegfried da história do velho Hans.

〜〜〜
〜〜〜

Desci até o clube – que ficara praticamente deserto depois da partida dos meus três amigos – bem antes da hora do encontro com o Vítor. Tinha passado um bom tempo me arrumando na frente do espelho, indecisa sobre que vestido usar, caprichando na maquiagem e escolhendo o perfume mais doce. Mas estava tão ansiosa que acabei ficando pronta cedo demais, e então resolvi descer logo.

O sol acabara de se esconder atrás da montanha e ainda refletia seus raios cor de rosa nos telhados de ardósia das torres do Castelo, realçando o clima de contos de fada que sempre envolvera o lugar. Parecia tudo mais sossegado do que nunca com o fim das férias, mas, assim que cheguei perto da porta que dava para o salão do Ernesto, vi uma movimentação incomum. Foi quando reparei várias vans estacionadas no pátio do clube, e pessoas que circulavam de um lado para o outro, carregando mesas, cadeiras, toalhas e tapetes.

– Está linda, *mein Prinzessin* – de repente ouvi a voz do velho Hans, que me oferecia um delicado ramalhete de lírios brancos, que mais parecia um buquê de noiva. – Meu neto também vai achar.

Sorri, meio sem graça, e agradeci pelas flores cuidadosamente atadas por um farto laço de cetim prateado.

– Vão pisar nos meus canteiros! – queixou-se ele, vendo o vaivém que não parava. – A cada festa que acontece neste clube, lá se

vão várias das minhas plantas. E essa parece que vai ser das grandes...
é o casamento da filha de um abastado empresário.

O jardineiro estava mesmo preocupado:

– Mas já vou indo, porque fico aflito de ver isso sem poder
fazer nada...

Acenou um adeus para mim e foi se afastando em passos
lentos. Até que se virou novamente, como se lembrasse de algo
importante:

– Ah, sim, divirta-se esta noite, *mein Prinzessin*! Aproveite
esse momento mágico que o destino lhe ofereceu.

Parada no jardim, vi o velho indo embora devagar e depois fui
até o salão do Ernesto, curiosa para dar uma olhada nos preparativos
da luxuosa boda do dia seguinte. E estava ficando tudo muito bonito
mesmo: o piso de madeira havia sido coberto por imensos tapetes
vermelhos, e o salão do espelho já tinha várias mesas redondas mon-
tadas. Cortinas de veludo haviam sido instaladas nas portas e janelas,
e até o corrimão da escadaria estava sendo decorado com luzes
especiais. Foi quando vi dois homens se aproximarem da estátua do
Ernesto e a levantarem do chão. Não me contive:

– O que estão fazendo? – perguntei, meio enciumada por
estarem mexendo naquela escultura que de certa forma fazia parte da
minha história.

– A noiva mandou tirar do salão – informou um deles. – Achou
sinistra demais.

Ao que o outro completou, já segurando a cabeça da estátua
enquanto o companheiro erguia o pedestal:

– Vamos guardar lá em cima.

E começaram a subir as escadas, levando a pobre escultura
como se carrega um caixão. Até que um deles repentinamente trope-
çou num degrau, e o pior acabou acontecendo: o Ernesto rolou escada
abaixo, madeira contra madeira, fazendo um barulho estrondoso. Os
dois correram atrás, mas era tarde demais. Um rombo enorme se
abrira em sua armadura, na altura do peito... o Ernesto era oco! E
estava todo quebrado.

Corri aflita até onde ele caíra, tentando juntar os pedaços, mas fui atrapalhada pelos dois desastrados, que passaram voando à minha frente, num desespero só. Foi aí que vi a pedra. Era uma pedra arredondada e lisa, de veios brancos e alaranjados, que caíra de dentro da estátua.

Muito curiosa, me abaixei rápido e alcancei a pequena rocha antes que alguém mais a visse. Corri para o jardim e, apenas quando tive a certeza de estar totalmente sozinha, a examinei mais de perto. Então fiquei pasma com o que vi: naquela pedra saída das entranhas do Ernesto estavam esculpidas umas palavras toscas, que eu mal conseguia pronunciar, em uma língua para mim desconhecida.

"Der siegreiche Tote für immer vereint mit der schönen, unnütz rächenden Geliebten,
Von den Walküren fortgetragen durch eine der Türen Walhallas
Im Jahr, in dem das kleine Feuer die Insel der sechs Königinnen erreicht
Und der jüngste Nachkomme des Rheins zurückkehrt von dem Ort, der das Meer überquerte.

Im hölzernen Schloss, das keine Kronen sah, der Tote sich endlich befreit
Aus dem hölzernen Gefängnis, mit hartem Gesicht, in Leere gehüllt
Wenn die süße Prinzessin den Helden trifft, der den Weg zurück fand
Und ihr irrlichternder Geist umgehend von ihm eingenommen wird."

Mas eu nem precisava de tradução, porque sabia muito bem o que havia ali. Eram as palavras de Nostradamus, que prediziam o reencontro de Siegfried e Kriemhild no Valhalla e meu encontro com o Vítor ali em Petrópolis.

Era a profecia perdida que afinal se cumpria, como há mais de cem anos anunciara o poderoso Espírito do Reno: "Tudo vai acontecer precisamente como está escrito, justamente no lugar vaticinado, exatamente como tem que ser."

Primeira edição: agosto de 2013
Impressão: Gráfica Stamppa / www.stamppa.com.br
Papel de capa: Cartão Supremo 250g/m²
Papel de miolo: Couche Matte 150g/m²